KB063362

로크미디어가
유혹하는
재미있는 세상

武人還生
무인환생

무인환생 3

2023년 2월 9일 초판 1쇄 인쇄
2023년 2월 14일 초판 1쇄 발행

지은이 윤신현
발행인 강준규

기획 이기헌 왕소현 박경무 강민구 조익현
책임편집 금선정
마케팅지원 이원선

발행처 (주)로크미디어
출판등록 2003년 3월 24일
주소 서울시 마포구 마포대로 45 일진빌딩 6층
Tel (02)3273-5135 **Fax** (02)3273-5134
홈페이지 rokmedia.com **E-mail** rokmedia@empas.com

武人還生

③

무인환생

윤신현 신무협 장편소설

차례

제21장 바다는 나의 보물 창고   7

제22장 가장의 무게   33

제23장 호랑이 코털을 건드린 대가   83

제24장 하정객잔(河情客棧)   107

제25장 정식 개관   143

제26장 사천성에서 온 손님   179

제27장 황화현에 부는 바람   215

제28장 이런 걸 바라진 않았는데   263

제21장 바다는 나의 보물 창고

그르륵!

손수 만든 쪽배가 모래사장을 가르며 깊게 박혔다.

아예 파도가 닿지 못하도록 깊숙이 옮겨 놓은 것이었다.

냐옹!

만족스러운 조황에 석진호가 웃으며 배에서 내릴 때 익숙한 울음소리와 함께 거뭇한 무언가가 벼락처럼 달려왔다.

바로 승천무관을 지키던 흑휘였는데 생소한 냄새 때문인지 연신 코를 벌렁거렸다. 특히 조개들이 담겨 있는 그물주머니를 관심 깊게 쳐다봤다.

"녀석, 몸에 좋은 건 알아 가지고. 자, 네 몫이다."

야옹?

석진호가 그물주머니에서 가장 큰 조개 하나를 꺼내서 흑휘 앞에 내려놓았다. 그러나 흑휘는 고개를 갸웃거리며 조개의 주위를 빙빙 돌았다.

분명 생김새는 저잣거리에서 많이 본 것인데 크기가 비정상적으로 크자 놀란 듯했다.

하지만 놀람보다 호기심이 더 큰 모양인지 탐색하듯 조개를 배회하던 흑휘가 이내 앞발을 휘둘렀다.

터엉!

흑휘의 두 눈이 크게 뜨였다.

아무리 약하게 휘둘렀다고 하나 생채기조차 생기지 않는 모습에 흑휘가 놀란 듯 눈을 껌뻑였다.

그러더니 이내 눈을 빛내며 조개의 껍데기를 사정없이 두드리기 시작했다.

"쉽지 않을걸. 나름 심해에서 사는 녀석이거든."

탕! 타탕! 탕!

경쾌한 소리와 함께 흑휘는 아예 앞발 전체로 조개의 껍데기를 두들겼다.

하지만 날카로운 발톱 공격에도 조개는 멀쩡했다.

생채기만 조금 생겼을 뿐 뽀얀 속살을 보이지 않았던 것이다.

크르릉.

그게 마음에 들지 않는 모양인지 흑휘가 송곳니를 드러냈

武人還生
무인환생

다. 처음에야 호기심으로 시작했지만 껍데기가 벗겨지지 않으니 자존심이 상한 모양이었다.

"내가 열어 줄까?"

으득!

흑휘가 조개를 물었다.

이대로 포기하기에는 자존심이 용납하지 않는 모양인지 작은 이빨로 자기 몸뚱이만 한 조개를 물어서 들어 올린 흑휘가 이내 주변의 바위를 향해 돌진했다.

그러고는 속도와 체중을 실어 냅다 부딪혔다.

쩍!

나름 머리를 쓴 효과가 있는지 처음으로 갈라지는 듯한 소리가 났다.

동시에 조개가 반응을 보였다.

육안으로는 보이지 않지만 송곳니에서 전해지는 조개의 당혹감에 흑휘가 눈을 빛냈다.

"그냥 내단의 기운을 쓰지. 뭘 그렇게 자존심을 세워."

하지만 그 모습에 석진호는 고개를 저었다.

쉬운 길을 놔두고 쓸데없이 어려운 길을 고집하는 것 같아서였다.

하지만 흑휘는 집요했다.

끝끝내 기운을 사용하지 않고 조개껍데기를 박살 냈다.

캬아오! 캬웅!

끈덕지게 노린 부분을 정확히 박살 낸 흑휘가 승리자처럼 포효했다.

그러고는 전리품을 차지한 것처럼 조개를 물고서 위풍당당하게 석진호에게 다가왔다.

"미리 말해 두는데, 그거 엄청 귀한 거야. 백년자패라 불리는 녀석이라고. 너와 비슷한 급이라 할 수 있지. 바다 깊은 곳에서만 서식해서 구하기도 쉽지 않고. 오늘 조업에서 유일하게 수확한 녀석이야."

고로롱. 고롱.

석진호의 말에 흑휘가 눈을 빛냈다.

태산에서 받았던 산삼보다 더한 녀석이라는 걸 알고는 있었지만 설마하니 백 년이나 묵었을 줄은 몰랐기에 흑휘가 온몸을 비비며 온갖 아양을 다 떨었다.

"간간이 주마. 너무 포식하면 네 육체가 견디지 못해."

냐아아옹!

알겠다는 듯이 길게 우는 흑휘의 모습에 석진호가 미소를 지으며 목을 긁어 주었다.

그러고는 천천히 승천무관으로 향했다.

"오셨습니까, 관주님!"

"그래. 별일은 없고?"

"오늘 통발 수확이 아주 좋습니다! 왕문어는 없지만 그냥 문어는 두 마리나 있고 물고기도 종류별로 열 마리나 잡혔

무인환생

어요!"

"낚시보다 나은 거 같은데?"

석진호가 피식 웃었다.

근해였기에 월척이라 할 만한 건 없었지만 그래도 꾸준히 잡혀 주자 의외로 재미가 쏠쏠했다.

남는 건 말려서 먹어도 되었기에 많이 잡혀서 나쁠 것은 없었다.

"그래서 윤이랑 통발을 좀 더 만들까 생각 중이에요. 일단 이 근처에는 경쟁자가 그리 많지 않잖아요. 어부들도 배를 타고 나가는 편이고."

"지금 정도면 충분해. 많이 잡아서 뭐 하려고? 우리가 어부가 될 것도 아닌데. 지금만 해도 충분해. 괜히 일거리 만들지 마."

"헤헤! 알겠습니다. 그런데 들고 계신 건 설마 조개예요? 뭔 조개가 그렇게 무식하게 크대요?"

이제야 석진호의 손에 들린 수확물을 봤는지 정마룡이 두 눈을 휘둥그레 떴다.

생김새는 분명 조개인데 크기가 일반 조개와는 비교를 불허할 정도라 저도 모르게 입을 쩍 벌렸다.

"심해에서 사는 녀석이거든. 맛도 기가 막히지."

"드셔 보셨어요?"

"응. 예전에. 숯불에 구워 먹을 거니까 준비해. 장작도 넉

넉히."

"불에 구워 먹으려면 확실히 장작이 많이 필요하겠네요."

정마룡이 반사적으로 고개를 끄덕였다.

일단 크기에서부터 압도적인 만큼 화력도 그에 준할 정도
는 되어야 할 것 같아서였다.

"오늘은 앞마당에 있는 평상에서 먹을 거니까 유모에게도
그리 말해 주고. 난 윤이랑 준비하고 있을 테니까."

"알겠습니다!"

건물 안으로 부리나케 들어가는 정마룡을 일별한 석진호
는 익숙하게 돌들을 모았다.

돌을 둥글게 쌓아 약식으로 아궁이를 만든 석진호는 이내
그 안에 정마룡이 가져온 숯과 장작을 한가득 쌓고는 불을
피웠다.

그러고는 그 위에 바다에서 캐 온 조개를 그대로 올렸다.

"완전 직화네요."

"걱정하지 마. 안에는 안 타니까. 껍데기를 먹을 생각은 아
니지?"

"제 이빨이 박살 날 것 같은데요?"

조개만 먹을 수는 없기에 가볍게 곁들여 먹을 음식들을 가
져온 소하정이 빙그레 웃으며 말했다.

아무리 건치를 가지고 있는 사람이라도 저렇게 무지막지
한 조개껍데기를 씹을 수는 없을 것 같아서였다.

무인환생

"무인도 힘들어, 씹어 먹는 건. 몸에 딱히 좋을 것 같지도 않고."

"근데 어디에 저런 게 있어요?"

자신의 얼굴만 한 조개를 내려다보며 소하정이 신기하다는 표정을 지었다.

지금까지 적지 않은 세월을 살아왔지만 이렇게 무식하게 큰 조개는 처음 봤기에 소하정은 놀란 기색을 감추지 못했다.

"바다 깊은 곳에. 아마 황화현에서는 나밖에 못 들어갈걸."

"위험한 거 아니에요? 심해에는 괴물이 산다고 하던데."

"만년금구나 이무기가 있었으면 좋겠다."

"무슨 소리예요!"

이무기라는 말에 소하정이 화들짝 놀랐다.

아무리 석진호가 천재라 불린다고 하지만 이무기는 재앙이라 불릴 정도로 위험한 존재였다.

그런 만큼 소하정은 허튼소리하지 말라는 듯이 석진호의 등짝을 때렸다.

"유모 손이 더 아플걸."

"……무슨 몸이 이렇게 단단해요?"

"수련은 괜히 하는 게 아냐. 슬슬 익었겠다."

대화하는 사이 더욱 거세진 불꽃으로 인해 조개껍데기가 검게 변했다.

탄 건 아니고 그을음이 생긴 건데 석진호는 손가락을 이용해 조개껍데기를 부쉈다.

단순하게 손가락을 튕기는 것 같은데 가뭄이 온 마른땅이 갈라지듯 조개껍데기에 큼지막한 균열이 생겨났다.

"어디, 저도!"

그 모습이 신기했던 모양인지 정마룡이 따라 했지만 안타깝게도 결과는 실패였다.

아무리 검지를 튕겨도 조개는 꿈쩍도 하지 않았던 것이다.

"아무나 할 수 있는 게 아니거든. 이것도 다 기술이야. 나처럼 껍데기만 부수는 건 말이다."

부글부글.

능숙하게 금이 간 껍데기를 걷어 내자 마치 그릇에 조개탕이 담겨 있는 것처럼 새하얀 속살과 함께 물이 부글부글 끓었다.

그리고 난생처음 맡아 보는 기가 막힌 향기가 삽시간에 주변을 집어삼켰다.

"우와!"

꿀꺽!

저절로 손이 가는 냄새에 정마룡은 물론이고 탁윤도 놀라움을 감추지 못했다.

그 정도로 생전 처음 맡아 보는 향기에 두 사람 다 감탄을 금치 못했다.

무인환생

"잘라 줄 테니 다들 먹어 봐. 우선 유모부터. 자고로 음식은 어른부터지."

"고마워요, 도련님. 호호호!"

입으로 호호 불어서 식혀 주는 석진호의 배려에 소하정이 빙긋 웃었다.

그러고는 육수와 함께 먹기 좋은 크기로 잘린 조갯살을 입에 넣었는데 표정이 순식간에 달라졌다.

경악을 금치 못하는 표정으로 석진호를 쳐다봤다.

"끝내주지?"

"기, 기가 막혀요. 어떻게 이런 감칠맛이?"

"어디에서도 맛볼 수 없는 맛이지, 이건. 내가 아니면 구할 수 있는 사람이 천하에도 몇 없을걸."

주르륵!

소하정의 반응에 탁윤과 정마룡이 침을 흘렸다.

가뜩이나 냄새만 해도 인내심을 시험하는데 소하정이 극찬을 하자 더욱 궁금해졌던 것이다.

"너희도 먹어 봐."

"맘껏 먹어."

자신도 한입 먹으며 석진호가 말하자 두 사람이 번개같이 수저를 움직였다.

그러더니 이내 두 눈을 부릅뜨며 멍한 표정을 지었다.

간도 안 하고 단순히 불에 굽기만 했음에도 맛은 기가 막

했다.

천상의 음식이 이런 게 아닐까 싶을 정도로 말이다.

후다다닥!

그러나 음미는 짧았다.

이내 두 사람은 누가 많이 먹나 내기라도 할 것처럼 허겁지겁 먹기 시작했다.

"천천히 먹어. 그러다 체할라."

"예엡!"

"넵!"

쳐다보지도 않고 건성으로 대답하는 두 사람의 모습에 소하정이 고개를 절레절레 저었다.

하지만 한편으로는 이해가 가기도 했다.

이런 맛은 그녀도 처음이었기 때문이다.

"괜찮겠죠?"

"껍데기가 커서 그렇지 양은 그렇게 많지 않으니까. 제일 큰 건 흑휘가 먹고 있기도 하고."

쩝쩝!

평상 한자리를 떡하니 차지하고 앉은 흑휘가 야무지게 조갯살을 뜯어 먹는 모습에 소하정이 두 눈을 동그랗게 떴다.

자기보다 더 큰 조개를 어떻게 깠는지 궁금했던 것이다.

"도련님께서 까 주셨어요?"

"아니. 흑휘 혼자서 깠어. 정확하게는 부순 거지만."

무인환생

"정말요?"

"응. 저 녀석 맹수라니까. 겉모습에 속으면 안 돼."

"에이, 맹수라니요. 똑똑하기는 해도 맹수라니요. 저렇게 귀엽고 앙증맞게 생긴 맹수 보셨어요?"

소하정이 단호하게 고개를 저었다.

아무리 봐도 흑휘와 맹수라는 단어는 거리가 멀어서였다.

"뭐, 모르는 게 약일 수도 있으니까."

"근데 정말 야무지게 먹는 것 같지 않아요?"

"아마 태어나서 먹은 것 중 제일 맛있을걸."

"에이, 조개를 처음 먹어 보는 것도 아닌데요."

석진호는 대답 대신 의미심장하게 웃었다.

지금 흑휘가 먹고 있는 백년자패의 가격을 말하면 기절할 게 분명했기에 그냥 넘어가는 것이었다.

"어? 이거 느낌이 묘한데?"

"형도 배가 뜨거우세요?"

"응. 뜨끈한 국물을 먹어서 든든한 느낌이 아니라, 뭐랄까, 몸에서 열기가 나는 느낌이랄까?"

"저도요."

한편 정신없이 조개구이를 먹고 있던 정마룡과 탁윤이 고개를 갸웃거렸다.

어느 순간부터 몸속에서 묘한 열기가 느껴져서였다.

근데 혼자만 느낀 게 아닌 것 같자 두 사람의 시선이 석진호에게로 향했다.

"그거 다 먹고 운기행공해 봐. 그럼 확실하게 알 수 있을 거다."

"서, 서, 서, 설마?"

"네가 생각하는 거 아니다. 그런 게 흔한 줄 알아?"

"역시 그렇죠?"

"그래도 오십 년 정도는 묵은 거니까 효과가 좀 있기는 할 거다."

오십 년이라는 말에 정마룡이 두 눈을 크게 떴다.

영물까지는 아니더라도 꽤나 희귀한 건 분명해서였다.

게다가 그 특별함을 지금 느끼고 있었기에 정마룡은 남은 조갯살은 물론이고 국물까지 모조리 입에 털어 넣었다.

"감사합니다, 관주님! 앞으로 더욱더 견마지로를······."

"시끄럽고, 들어가서 운공이나 해. 윤이도."

"예, 공자님."

두 사람을 방으로 보내 버린 석진호는 소하정의 어깨를 주물렀다.

둘이야 운기행공으로 조개의 기운을 흡수하면 된다지만 그녀는 그렇지가 않았기에 석진호는 추궁과혈하듯 몸을 주물렀다.

"좋네요. 맛있는 음식도 먹고, 이렇게 도련님께 안마도 받고."

무인환생

"거기에 나는 일까지 안 하고 좀 늘어졌으면 좋겠는데 말이지."

"에이, 노는 것도 하던 사람이 해야지 저 같은 사람은 갑자기 쉬면 병들어요. 그리고 운동 삼아 하는 건데요. 재미있기도 하고."

편안히 석진호에게 기대며 소하정이 두 눈을 감았다.

석진호는 계속 더 해 주고 싶어 했지만 사실 그녀는 지금만으로도 너무나 행복했다.

이렇게 자신이 누려도 되나 싶을 정도로 말이다.

'지금처럼 이렇게 모두와 함께 오붓하게 오래오래 살았으면 좋겠다.'

석진호와 도란도란 대화를 나누면서 소하정은 마음속으로 소원을 빌었다.

이렇게 평화롭게 오래오래 살고 싶다고 말이다.

매일 바다 곳곳을 돌아다닌 석진호는 오늘에서야 마음에 드는 녀석을 찾을 수 있었다.

천년자패는 아니지만 족히 오백 년 이상은 묵은 것으로 보이는 자패를 발견했던 것이다.

"여기라면 아무 방해도 받지 않겠지."

해변 근처의 정말 조그마한 섬에 내려선 석진호가 주변을 둘러봤다.

사람이 살 수 없을 정도로 아주 작은 섬이었는데 그렇기에 석진호는 마음에 들었다.

아무것도 없는 작은 섬이니만큼 어부나 아이들이 찾아올 가능성이 희박해서였다.

"시작해 볼까."

평소와 달리 딱 조개 하나만을 가지고서 섬에 들어온 석진호가 유일하게 존재하는 동굴 속으로 들어갔다.

다른 사람에게 보여서 좋을 게 없었기에 몸을 감추었던 것이다.

그러고는 백년자패보다 족히 두 배는 더 큰 조개를 가볍게 벌렸다.

그그그극!

물론 순순히 입을 벌리는 걸 허락하지 않았지만 안타깝게도 반항은 얼마 가지 못했다.

석진호가 본격적으로 진기를 일으키자 조개도 더 이상 버티지 못하고 뽀얀 속살을 드러냈다.

하지만 석진호의 시선이 향한 곳은 살이 아니었다.

"진주처럼 생겼네."

완벽한 구의 모양을 하고 있는 기운의 집합체를 석진호는 무심하게 뽑아내서는 입으로 날름 삼켰다.

武人還生
무인환생

이윽고 그의 위장에서 무시무시한 기운이 솟구치기 시작했다.

석진호의 내부를 찢어발기겠다는 듯이 거칠게 난동을 부렸던 것이다.

"후후후."

그러나 석진호는 내부가 찢어질 것 같은 고통 속에서도 웃었다.

이 정도 고통은 그에게 너무나 익숙해서였다.

게다가 석진호는 이 작업이 처음이 아니었다.

우득. 우드드득!

몸속에 들어오기 무섭게 제멋대로 날뛰는 기운을 석진호는 내버려 두었다.

그로 인해 고통이 더욱 심해졌지만 이 정도 고통은 석진호에게 있어 애교에 불과했다.

고작 천 년짜리에 비하면 오백 년 정도는 그리 대단치 않았던 것이다.

그리고 육체 역시 오백 년 정도는 충분히 견딜 수 있도록 만들어 두었고 말이다.

'어디 마음대로 날뛰어 봐라.'

보통은 어떻게든 기운을 통제하려고 애를 쓰지만 석진호는 그러지 않았다.

이미 몸에 들어온 이상 기운이 도망칠 구석은 없었다.

그렇기에 석진호는 느긋하게 기운이 난동을 피우는 걸 지켜봤다.

스슥. 스스슥.

제멋대로 날뛰는 기운으로 인해 가부좌를 틀고 있는 석진호의 몸이 들썩였다.

하지만 표정만큼은 너무나 평온했다.

횟수로 따지면 수십 번도 더 해 봤었기에 석진호는 여유로웠다.

'슬슬 시작해 볼까.'

무려 한 시진 동안 기운을 지켜보기만 하던 석진호가 드디어 혼원천뢰신공의 진기를 끌어 올렸다.

그러자 조금은 잠잠해졌던 내단의 기운이 반발하기 시작했다. 잠자코 있던 기운이 움직이자 다시 거세게 일어났던 것이다.

'어림없지.'

하지만 날뛰는 내단의 기운을 석진호는 어렵지 않게 제압했다.

백년하수오로 흡수한 공력도 있는 데다가 지금 혼원천뢰신공의 성취는 감히 그때와 비교할 수 있는 수준이 아니었다.

그리고 최소의 공력으로 최대의 효율을 뽑아내는 게 석진호의 장기였기에 내단의 기운은 이내 그의 의도대로 기경팔맥을 시작으로 전신 세맥으로 뻗어 나갔다.

무인환생

퍼퍼퍼펑!

노도처럼 휩쓸고 지나가는 거대한 기운에 전신 세맥이 빠르게 타통되기 시작했다.

그러나 진짜는 지금부터였다.

생사현관이라 불리는 임독양맥을 뚫어야 목표를 이룰 수 있기에 석진호는 내단의 기운을 빠르게 흡수하며 마지막 관문을 향해 질주했다.

쿠웅!

하지만 최후의 관문이라는 말처럼 임독양맥은 쉽사리 빈틈을 보이지 않았다.

혼원천뢰기가 계속해서 두드렸음에도 조금의 균열도 허용하지 않았던 것이다.

그러나 석진호도 만만치 않았다.

쿠웅! 쿵! 쿠쿵!

한 번에 안 되면 열 번을 해서라도, 열 번이 안 되면 백 번을 해서라도 뚫고야 말겠다는 듯이 계속해서 임독양맥을 두드렸다.

그렇게 다시 한 시진이 지나자 석진호의 온몸이 땀에 젖었다.

'이 정도는 충분히 예상했지.'

누가 봐도 체력이 상당히 떨어진 듯한 모습이었지만 의외로 석진호의 상태는 나쁘지 않았다.

처음과 마찬가지로 명경지수와 같은 평정심을 유지하고 있었던 것이다.

오히려 시간이 갈수록 임독양맥의 저항이 약해졌다.

투둑. 투두둑.

끈질기게 두드리는 석진호의 노력이 빛을 발한 것인지 철벽처럼 견고했던 임독양맥에 미세하지만 균열이 생겼다.

그리고 그 틈을 석진호는 놓치지 않았다.

집요할 정도로 틈을 공략하며 임독양맥을 파고들었던 것이다.

퍼엉!

잠시 후 석진호가 그토록 기다리고 기다리던 소리가 들려왔다.

임독양맥이 시원스럽게 타통되는 소리와 함께 나신이던 석진호의 육신에 급격한 변화가 일어났다.

머리카락이 모조리 빠지며 바닥에 떨어지기 무섭게 매미가 탈피하듯 피부가 벗겨졌다.

또한 골격 역시 뒤틀리더니 최상의 상태로 변화했다.

스르르륵.

뒤이어 눈썹과 머리카락이 다시 자라며 석진호는 환골탈태를 마쳤다.

무려 두 시진이 훌쩍 넘게 도전한 것에 비하면 창졸간에 끝난 환골탈태였다.

武人還生
무인환생

번쩍!

감고 있던 눈을 뜨자 신광이 번뜩였다.

하지만 이내 그 강렬한 안광은 다시 내부로 갈무리되었다.

"확실히 다르다니까."

목표했던 대로 환골탈태를 마친 석진호가 만족스러운 표정을 지었다.

고작 한 번의 환골탈태지만 상당히 많은 게 달라진 육신에 석진호는 고개를 주억거리며 미리 벗어 두었던 옷을 입었다.

"이 정도면 절반에 근접한 정도의 힘은 쓸 수 있겠는데. 아직은 공력이 많이 부족하지만, 시간은 충분하니까."

천하제일인에 올랐던 전생과 비교하면 여전히 턱없이 부족한 상태였지만 그래도 전에 비하면 말도 안 되게 나아진 상태였기에 석진호는 나쁘지 않다는 투로 중얼거렸다.

그런데 그때 정수를 빼앗기고 축 늘어져 죽어 있는 조개가 눈에 들어왔다.

"내단은 없지만, 그래도 아직 정수의 기운이 잔재해 있으니 흑휘나 가져다줄까."

백년자패나 백년홍패는 먹어 봤지만 이 정도 묵은 조개는 아직 주지 않았다.

많이 성장하기는 했지만 그래도 백년자패 이상은 흡수하기에 부족하다고 생각해서였다.

나름 영물인 만큼 미약하지만 영성을 지니고 있었고, 자칫 잘못하면 흑휘가 되레 잡아먹힐 수도 있었다.

그래서 석진호는 늘 흑휘가 안전하게 소화할 수 있는 것들만 먹이로 주었다.

"집에 돌아가기 전에 백 년짜리로 두 개 정도 구해 놔 볼까나."

오늘이나 내일쯤 손님이 올 예정이었기에 석진호는 활짝 벌어져 있는 조개의 입을 다시 닫아 그물주머니에 집어넣었다.

시간이 남은 김에 사냥을 좀 더 해 볼 생각이었다.

⁂

마차 안에 타고 있던 석미룡이 승천무관의 현판을 보며 묘한 표정을 지었다.

만든 지 얼마 안 된 거 같은데 필체가 범상치 않아서였다.

강건한 기상이 물씬 풍기는 필체에 석미룡은 자기도 모르게 창문 밖을 멍하니 쳐다봤다.

"누가 썼을까요?"

"황화현 근처에 명필이라 불릴 만한 분이 계시나?"

"제가 알기로는 없습니다."

마차에 함께 타고 있던 문적현이 고개를 저었다.

적어도 그가 알기로는 근처에도 없어서였다.

무인환생

"그럼 직접 썼나?"

"사공자가요?"

"응. 진호밖에 없잖아, 쓸 만한 사람이? 탁윤이 썼겠어, 정마룽이 썼겠어?"

"하긴."

문적현이 자기도 모르게 수긍했다.

글을 아예 모르지는 않겠지만 그래도 저 정도로 잘 쓸 가능성은 희박했다.

그렇다면 남는 사람은 석진호뿐이었다.

"하북팽가와도 현재 딱히 교류를 하지 않는 것 같고."

"도화는 황화현에 오고 싶어 한다고 들었습니다."

"나쁘지 않은 혼처인데 말이지."

무심한 석진호와 달리 그녀는 하북팽가도 주시하고 있었다.

어쩌면 남동생과 이어질지도 몰랐기에 예의 주시했던 것이다.

"나쁘지 않은 정도가 아니라 훌륭한 혼처지요. 그래서 말인데 아가씨께서 노려 보시는 건 어떻겠습니까?"

"응? 하북팽가와?"

"예. 소가주와 사공자가 친분이 있지 않습니까."

"호오."

석미룡이 솔깃한 표정을 지었다.

확실히 팽무건이라면 그녀의 남편감으로는 더할 나위 없었다.

다만 문제는 팽무건의 입장에서는 딱히 그녀가 매력적인 상대가 아니라는 점이었다.

씁쓸하지만 그녀의 미모는 도화와도 감히 비교할 수 없었다.

"제가 실언을 한 모양입니다."

"뭐, 외모가 전부는 아니니까. 어떤 의미에서 문 학사가 그리 말한 건지도 알고 있고. 만약 혼담이 성사된다면 큰오빠가 노리던 것을 내가 냉큼 가져올 수도 있고."

"그렇습니다."

"다만 실현 가능성이 너무 희박하다는 게 문제지."

"한번 운을 띄워 보는 것 정도는 가능하지 않겠습니까. 여기까지 왔는데요."

마차가 멈추는 것을 느끼며 석미룡이 고개를 주억거렸다.

물어보는 것 정도는 충분히 가능하다고 생각해서였다.

못 먹는 감 찔러나 본다는 속담처럼 잘되면 좋고, 안되어도 아쉬울 건 없었다.

"오랜만에 뵙습니다, 아가씨."

"안녕하세요."

문적현이 열어 주는 마차 문을 지나 밖으로 나가자 정마룡과 탁윤이 공손하게 마중을 나와 있는 걸 볼 수 있었다.

무인환생

그런 둘을 향해 작게 고개를 끄덕여 준 석미룡은 승천무관을 찬찬히 둘러봤다.

건물을 위시로 앞마당을 살펴봤던 것이다.

"의외로 큰데? 난 아담할 거라 생각했는데."

"관주님께서 통이 크시지 않습니까. 돈이 없는 것도 아니었고요."

"확실히 돈은 꽤 가지고 나갔지. 근데 동생은 어디 있어?"

"안에서 기다리고 계십니다. 제가 모시겠습니다."

두 명의 호위 무사와 문적현이 석미룡의 뒤에 자리 잡는 것을 확인한 정마룡이 몸을 돌렸다.

그런데 호위 무사들의 눈동자에 이채가 서렸다.

일개 하인에 불과했던 정마룡에게서 제법 묵직한 기운이 느껴져서였다.

이제는 하인보다는 무인에 가까운 분위기를 풍기는 정마룡과 탁윤의 모습에 호위 무사들이 살짝 놀랍다는 표정을 지었다.

"왔습니까?"

"이야, 이제는 진짜 수장 같은 느낌을 풍기는데?"

"내 집이니까요. 오는 데 불편함은 없었습니까?"

"그것보다 말투부터 좀 편하게 하면 안 될까? 이제는 서로 편하게 할 때도 됐잖아?"

"흐음, 그럴까?"

석진호가 의외로 쉽게 받아들였다.

석가장에서는 그렇게 말해도 절대 말을 놓지 않았던 석진호가 곧바로 편하게 말하자 석미룡이 재미있다는 표정을 지었다.

"바로 놓네?"

"여기는 석가장이 아니니까."

"그럼 누나 소리도 들을 수 있는 건가?"

"그게 뭐 어렵다고."

석진호가 어깨를 으쓱거렸다.

보는 눈들이 많았기에 석가장에서는 선을 그었지만 여기서는 그럴 필요가 없었다.

남의 집이었던 석가장과 달리 이곳의 주인은 그였다.

"그럼 이참에 한번 해 봐."

"누나."

"후후후!"

"아니, 누님이 어울리려나?"

"무슨 소리! 우리 나이 차이가 얼마나 난다고!"

히죽 웃었던 석미룡이 버럭 소리를 질렀다.

누나와 누님은 단 한 글자만 다르지만 의미의 차이는 어마어마했다.

그렇기에 석미룡이 날카롭게 눈을 흘겼다.

"알았어. 누나라 부를게."

무인환생

"진즉에 그럴 것이지. 흥흥!"

"별일은 없고?"

"아직까지는? 근데 무슨 바람이 불어서 날 보자고 한 거야? 너한테서 서신이 와서 나 깜짝 놀랐잖아. 난 네가 먼저 연락을 해 올 거라고는 전혀 예상 못 했었거든. 하도 매정하게 떠나서."

석미룡이 눈을 반짝이며 물었다.

도대체 무엇 때문에 자신을 여기까지 불렀는지 궁금했던 것이다.

"좋은 물건이 있어서 누나랑 거래를 좀 하려고. 누나한테도 나쁘지만은 않은 거래일 거야. 중개료만 해도 짭짤할걸."

"거래라."

동생의 말에 석미룡의 표정이 신중해졌다.

그러면서 자세를 고쳐 앉으며 냉정한 눈으로 석진호를 쳐다봤다.

순식간에 누나에서 장사꾼으로 바뀌는 모습에 석진호는 씨익 웃으며 미리 챙겨 두었던 물건을 꺼내서 탁자에 올려놓았다.

"설명해 주지 않아도 뭔지 알겠지?"

"이, 이건?"

제22장 가장의 무게

석미룡의 두 눈이 화등잔만 하게 커졌다.

홍옥처럼 빛나는 큼지막한 조개를 보자 머릿속에 반사적으로 네 글자가 떠올랐던 것이다.

그래서 그녀는 놀란 얼굴로 석진호를 쳐다봤다.

"생각하는 게 맞아."

"정말 백년홍패(百年紅貝)라고?"

"응. 아직 살아 있기도 하고."

바닷물이 가득 담긴 물통에서 막 꺼내져서 그런지 백년홍패에서 흘러나온 물로 인해 탁자가 흥건해졌다.

하지만 석미룡은 그런 것에는 일절 신경 쓰지 않고 흔들리는 눈으로 백년홍패만 뚫어져라 쳐다봤다.

"네가 잡았어?"

"당연하지."

"어떻게? 수십 년 동안 바다에서 살아온 노련한 어부들도 심해까지는 들어가지 못하는데."

"영업 비밀."

석진호가 손가락을 휘휘 저으며 단호하게 말했다.

굳이 석미룡에게 수확 방법에 대해서 말해 줄 필요는 없어서였다.

"우리 사이에 너무 치사하게 구는 거 아니냐고 하면 나 쫓아낼 거지?"

"잘 아네."

"대단하네. 수공을 익힌 무인들도 기껏해야 오륙십 년짜리가 고작인데. 천운이 닿아야 백년자패나 백년홍패를 얻고."

석미룡이 새삼 대단하다는 눈빛으로 석진호를 쳐다봤다.

일반 사람도 운이 좋다면 산에서 백년설삼이나 백년하수오 정도는 채취할 수 있다.

그래서 약초꾼들이 천하가 좁다 하며 온갖 산을 타고 다니는 것이고.

하지만 바다는 달랐다.

누구에게나 허락된 산과 달리 바다는 인간의 발길을 거부하는 곳이 상당히 많았다.

문제는 바다에서 서식하는 영물들이 주로 그런 곳에 머문

武人還生
무인환생

다는 점이었다.

"나라고 쉽게 얻은 건 아냐. 심해에 갈 수 있다고 해서 다 잡을 수 있는 건 아니니까."

"하긴. 근데 이걸 꺼냈다는 건……."

"맞아. 누나를 통해서 팔려고. 알다시피 나는 상계 쪽 인맥은 전혀 없잖아. 그리고 미리 말해 두는데 혈육이라고 해서 싸게 팔 생각은 전혀 없어. 제값 받고 팔 거야."

"칫!"

석미룡이 입술을 삐죽 내밀었다.

백년홍패라면 자존심을 내려놓고 매달릴 생각도 있었는데 미리 선을 긋자 얼굴 가득 아쉬운 표정을 지었다.

하지만 이내 그러한 기색은 창졸간에 사라졌다.

몇 푼 싸게 사려고 백년홍패를 놓치는 것보다는 차라리 제값을 주고서라도 자신이 확실하게 매입할 수 있는 게 나았다.

"싫으면 말고."

"누가 싫다고 했어? 이걸 보여 준 것 자체가 나에게 기회를 준 거라는 걸 잘 아는데."

"확실히 눈치는 있어."

"장사꾼이라면 기본이지. 근데 하나 물어봐도 돼?"

"뭐?"

석미룡이 평소답지 않게 뜸을 들였다.

그러더니 석진호를 지그시 쳐다봤다.

누가 봐도 부담스러운 눈빛으로 그를 응시했던 것이다.

"이 이상도 가능하지? 예를 들면 천년자패 같은."

"아직은 몰라. 도전해 보지 않아서."

"할 수 있다는 뜻이네?"

"못 구할 수도 있지. 바다가 육지보다 더 넓다는 거 알잖아? 영물은 연이 닿아야 잡을 수 있는 거야."

애매하게 말하는 석진호를 그녀가 게슴츠레한 눈으로 쳐다봤다.

말은 힘들다고 하지만 왠지 모르게 가능할 것 같아서였다.

특히나 그녀의 직감이 맹렬하게 말하고 있었다.

"흐으음."

"그나저나 할 거야, 안 할 거야?"

"일단은 넘어가 줄게, 지금은."

"뭐야."

선심 썼다는 듯이 대답하는 석미룡의 모습에 석진호가 코웃음을 흘렸다.

하지만 그 모습에도 석미룡은 모르는 척 넘어갔다.

"내가 살게, 당분간은."

"직접 사용하게?"

"나도 먹고, 주변에도 쓰고. 영물은 없어서 문제지 있으면 쓸 곳이야 많으니까."

武人還生
무인환생

"제값만 준다면야."

석진호는 더 이상 묻지 않았다.

백년홍패가 영물이라고 하나 그에게는 한낱 물건에 불과해서였다.

필요할 때 얼마든지 수확이 가능하기도 했고.

"얼마나 구할 수 있어?"

"그건 나한테 물으면 안 되지. 하늘한테 물어봐야지. 나라고 늘 잡을 수 있는 게 아닌데. 그리고 시중에 너무 많이 풀리면 곤란해."

"장사꾼 나셨네."

"이 정도는 기본이지."

섣불리 물량을 풀지 않겠다는 말에 석미룡이 헛웃음을 흘렸다.

상인이 아닌 척, 무인인 척했지만 역시나 석진호의 몸속에도 석가장의 피가 흐르고 있었다.

"대신 나에게만 줘. 다른 곳에 팔지 말고. 당분간은 정보가 샐 일은 없겠지만 이 바닥에 영원한 비밀은 없으니까."

"독점이라."

"대신 가격은 확실하게 챙겨 줄게. 내 능력은 너도 알잖아. 그래서 큰오빠나 작은오빠가 아닌 날 선택한 거고."

석미룡의 두 눈이 초롱초롱하게 빛났다.

이 거래를 반드시 성사시키겠다는 눈빛에 석진호는 알 수 없는 표정을 지었다.

"꼭 그렇지만은 않은데. 신뢰가 있어서는 아냐. 일단 자리를 마련한 거지, 난 누나한테 판다는 말은 안 했어."

"알고 있어, 지금이 조율 단계라는 거. 근데 너도 알지? 백년홍패 같은 조개류는 신선할 때 팔아야 제값을 받을 수 있다는 걸. 영초와 백년홍패는 달라."

석미룡도 만만치 않았다.

유통 쪽으로는 아무래도 석진호보다 그녀가 우세했기에 그 부분을 콕 짚었다.

물론 경매를 할 수도 있지만 이런 쪽의 경험이 적은 석진호가 잘할 가능성은 희박했다.

더구나 시간은 석진호의 편이 아니었고.

"확실히 머리 회전이 빨라."

"이 정도는 기본이지. 더구나 찾아온 기회를 놓칠 정도로 난 멍청하지 않거든."

"일단은 이 두 개만 팔게. 독점은 좀 더 고민해 보고. 누나도 생각할 시간이 필요할 테니까."

"밀당도 하고. 이렇게 잘 클 줄 몰랐는데. 그래서 말인데 내 밑에서 일해 볼 생각 없어? 내가 진짜 잘 챙겨 줄게."

석미룡이 진심을 듬뿍 담아 말했다.

하지만 이번에도 석진호는 고개를 저었다.

"그쪽은 내 길이 아니라니까."

무인환생

"같이하면 되지. 너라면 둘 다 잘할 것 같은데."

"관심 없어."

"쳇쳇!"

단칼에 거절하는 석진호의 모습에 석미룡이 입술을 삐죽 내밀었다.

그러나 더 이상 권하지는 않았다.

"가격은 얼마 쳐줄 거야?"

"얼마를 생각해?"

"일단 시세가 없다는 점을 감안해야겠지? 부르는 게 값이니까."

"말도 안 되는 금액으로 팔 수는 없다는 건 알지?"

두 사람의 눈빛이 허공에서 팽팽하게 부딪쳤다.

둘 다 조금도 양보하지 않겠다는 듯이 서로를 쳐다봤던 것이다.

"그 정도는 알지. 근데 나는 돈이 있어도 마음대로 구할 수 없다는 점을 말하고 싶은 거야. 영초와 달리 희소성이 있으니까."

"흐음."

속 시원하게 원하는 가격을 말하지 않는 석진호를 쳐다보며 석미룡이 미간을 좁혔다.

딱히 시세가 없기에 어떤 걸 기준으로 삼아야 할지 애매했던 것이다.

너무 비싼 값을 원하지는 않겠지만, 그렇다고 싸게 팔지도 않을 것이기에 석미룡의 머리가 복잡해졌다.

'값을 후려칠 수는 없어. 이번만 거래를 할 수는 없으니까. 독점 판매권까지 손에 넣으려면 후하게 값을 쳐주는 게 좋아. 문제는 그 후하게의 기준인데…….'

석미룡의 시선이 석진호에게 향했다.

머리가 복잡한 그녀와 달리 석진호는 느긋하게 차를 홀짝이고 있었다.

마치 칼자루는 자기가 쥐고 있다는 듯이 말이다.

'하나만 생각하자. 이 기회를 놓칠 수는 없어.'

가뜩이나 두 오빠들에 비해 지지 기반과 세력이 부족한 그녀였다.

그런데 백년홍패를 비롯해서 영물을 주기적으로 공급받을 수 있다면 얘기가 달라진다.

성과도 성과지만 자신의 사람들을 더욱 강하게 성장시킬 수 있었다.

그뿐만 아니라 지금까지는 바라만 봐야 했던 이들을 회유하는 것도 가능할 터였다.

'말 그대로 일석이조. 아니, 일석삼조도 가능해.'

석미룡은 결단을 내렸다.

이왕 이렇게 된 거 화끈하게 지르기로 말이다.

"진호야."

무인환생

"결정을 내린 모양이네?"

"응."

더 이상 흔들리지 않는 눈으로 석미룡이 입을 열었다.

동시에 석진호의 동공이 살짝 커졌다.

그가 예상했던 금액보다 반 배는 족히 더 되는 금액에 놀란 것이었다.

하지만 석미룡도 순순히 호구 잡히지는 않았다.

"조건은 독점이야. 이건 포기할 수 없어."

"그럼 기간을 정하는 걸로."

"……기간?"

"응. 당연히 기간을 정해야지. 평생 누나에게 공급할 수는 없잖아? 그리고 누나한테도 나쁘지 않아. 내가 언제까지고 백년홍패를 구할 수 있는 건 아니니까."

큰 산을 넘자 또 다른 산이 나타난 것 같은 상황에 석미룡이 눈을 껌뻑였다.

그러나 당황은 짧았다.

조율이라는 게 애초에 정할 게 많기에 그녀는 차분하게 석진호와 의견을 나누었다.

중간중간 문적현의 도움을 받으면서 말이다.

흡족한 얼굴로 떠나간 석미룡을 배웅한 석진호는 뒷마당으로 향했다.

오전 내내 흑휘가 보이지 않았기에 직접 찾아 나선 것이었다.

보통은 그 아니면 소하정에게 붙어 있었는데 오늘은 둘 다 아니었기에 석진호가 호기심 어린 눈빛으로 느긋하게 걸음을 옮겼다.

냐옹!

석진호의 냄새를 맡은 것인지, 한 줄기 벼락과도 같은 움직임으로 흑휘가 달려왔다.

처음 승천무관에 왔을 때보다 족히 두 배는 빨라진 속도에 석진호가 흡족한 미소를 지었다.

하지만 그 표정은 얼마 가지 못했다.

"응?"

얼마 전과는 너무나 달라진 뒷마당의 풍경에 석진호가 두 눈을 끔뻑거렸다.

없어야 할 동물들이 눈에 들어오자 당황한 것이었다.

"산토끼랑 꿩이 알아서 찾아왔습니다."

"……알아서?"

"예. 여기가 안전하다고 생각한 모양이에요. 식사 때 빼고는 울타리에서 벗어나질 않더라고요."

"허!"

석진호가 어이없다는 표정을 지었다.

반면에 흑휘는 도도하게 콧대를 세웠다.

武人還生
무인환생

마치 이곳의 대장은 자신이라는 듯한 모습에 석진호가 실소를 흘렸다.

"내쫓을까요? 일단 먹이는 크게 문제가 안 됩니다. 알아서 구해 먹더라고요. 잠은 울타리 안에서 자고요."

"흑휘가 잡아 오지는 않았을 테고."

"맞습니다. 사냥을 해서 잡아먹기는 해도 따로 야생동물을 생포해 온 적은 없습니다."

말과 소에게 여물을 주고 있던 정마룡이 자신의 두 눈으로 똑똑히 봤다는 듯이 대답했다.

그 말에 석진호가 고개를 갸웃거렸다.

아무리 봐도 이 현상이 이해가 되지 않았던 것이다.

"희한하네."

"저도 그렇습니다."

"근데 왜 말 안 했어?"

"어, 딱히 문제가 되는 것도 아니고 다시 야산으로 돌아갈 수도 있겠다고 생각해서 며칠 두고 보려고 했는데, 죄송합니다."

"아냐. 그렇게 생각하는 것도 이상하지는 않지. 이상한 건 여기서 노닥거리는 저 녀석들이지."

옹기종기 모여 한가하게 낮잠을 즐기는 산토끼 일가족을 보며 석진호가 실소를 흘렸다.

볼수록 어처구니가 없다는 생각이 들어서였다.

거기다 꿩들 역시 한가로이 울타리 안을 노니는 모습에 석진호는 이내 고개를 저었다.

"문제를 일으키는 것도 아니니 며칠 지켜볼까요? 산토끼야 육질이 딱히 좋지는 않지만 그래도 가끔 먹으면 맛도 좋고, 꿩 역시 좋은 식재료 중의 하나니까요."

"분란은 일으킬 수 없지. 흑휘가 있는데. 아, 그래서 그런가?"

그르릉. 그릉.

다리에 온몸을 비비며 한껏 애교를 부리는 흑휘를 내려다보며 석진호가 중얼거렸다.

왠지 이 사태가 흑휘 때문일지도 모른다는 생각이 들어서였다.

천적을 피해 안전한 곳을 찾다가 여기까지 왔을지도 모른다는 생각이 들자 석진호는 고개를 주억거렸다.

증명할 방법은 없지만 가능성은 있다고 생각했다.

"예상 가는 게 있으세요?"

"확실한 건 아니니까 좀 더 지켜보자. 우리가 손해 볼 건 없으니까."

"알겠습니다."

"숫자가 너무 늘어나면 바로 말해 주고."

지금은 괜찮지만 너무 많아지면 이런저런 문제가 발생할 가능성이 컸다.

武人還生
무인환생

물론 흑휘가 있는 만큼 큰 문제는 일어나지 않겠지만 그래도 상황 보고는 받는 게 나을 것 같았기에 석진호는 그리 지시를 내렸다.

"아예 사육장을 만드는 것도 나쁘지 않을 것 같습니다. 관리는 흑휘에게 맡기고요. 일당은 특제 육포로 주는 건 어떨까요?"

"그것도 나쁘지 않지. 너무 넘쳐 나면 시전에 팔아도 되고."

"오오!"

정마륭의 두 눈이 초롱초롱해졌다.

어쩌면 새로운 돈벌이가 생길지도 모른다는 생각이 들어서였다.

지금도 통발에 잡히는 걸 내다 팔고 있었지만 자고로 돈은 많아서 나쁠 건 없었다.

"거기에 대해서는 뭐라 할 생각 없으니까 윤이랑 잘 의논해서 나눠. 그렇다고 욕심에 괜히 일을 크게 벌이지 말고."

"걱정 붙들어 매십시오! 확실하게 관리하겠습니다!"

석진호가 고개를 저었다.

어째 마음이 이미 콩밭에 가 있는 것 같아서였다.

하지만 이것도 다 경험이라는 생각이 들었기에 일단은 지켜보기로 결정을 내렸다.

와자지껄한 저잣거리로 온갖 사람들이 오갔다.

장돌뱅이부터 시작해서 저녁거리를 사러 나온 가족들, 표사들, 무인들까지.

그리고 그중에는 자그마한 소달구지를 이끌고 있는 석진호 일행도 있었다.

"저 때문에 매번 번거롭게 나오실 필요 없는데."

"왜 번거로워? 다른 사람도 아니고 유모가 나가는 일인데."

"에이, 위험할 게 뭐 있다고요. 여기 사람들 다 착해요."

옆에서 나란히 걷고 있는 석진호를 올려다보며 소하정이 빙그레 웃으며 말했다.

많은 사람을 만나 본 건 아니지만 적어도 석진호가 염려할 만한 사람들은 없었다.

다들 착하고 순박했기에 소하정이 쓸데없는 걱정이라는 듯이 팔뚝을 찰싹찰싹 때렸다.

"세상에 진짜 착한 사람은 별로 없어. 대부분 착한 척을 하는 것뿐이지. 이유 없는 선의가 없는 것처럼."

"그건 너무 염세적인 발언 아니에요?"

"세상이 그래. 얼마나 계산적인데. 그러니까 가족, 혈연에 연연하는 거야."

무인환생

"으, 너무 냉정한 생각 같아요."

소하정이 고개를 휘휘 저었다.

세상을 너무 냉정한 시선으로 보는 것 같아서였다.

"유비무환이라는 말도 있잖아. 대비해서 나쁠 것은 없지. 근데 작은 마을치고 시전이 상당히 활기차네."

"성도와 가까우니까요. 규모도 의외로 작지 않고요. 아! 저기 가 봐요!"

"어디?"

"저기 노점상요."

소하정이 석진호의 팔을 붙잡고 이끌었다.

우연찮게 찾아낸 곳이었는데 나름 미식가라 할 수 있는 그녀를 단번에 휘어잡을 정도로 맛이 뛰어났다.

"아, 저기 저도 알아요. 진짜 맛있어요. 재료는 별거 없는데 이상하게 맛있어요. 그치, 윤아?"

"예. 저도 맛있었어요."

"그래서 스무 그릇 먹었잖아."

정마룡이 구박 아닌 구박을 주었다.

보통 사람이라면 앉은자리에서 소면을 스무 그릇이나 먹을 수 없었다.

그런데 탁윤은 그걸 직접 보여 주었다.

심지어 더 먹을 수 있다는 듯이 배를 쓰다듬던 모습은 아직도 정마룡의 뇌리에 선명하게 남아 있었다.

"양이 그렇게 많지는 않잖아요."

"그래도 보통 사람은 그렇게 무식하게 먹지 않아. 대개 많이 먹어야 두세 그릇이라고."

"헐."

탁윤이 말도 안 된다는 표정을 지었다.

두세 그릇은 그에게 간에 기별도 안 가는 양이었다.

"나도 두 그릇밖에 못 먹었잖아."

"형이야 원래 위가 좀 작으시잖아요."

"딱 평균이거든! 네가 엄청 먹는 거야!"

그때의 충격적인 기억이 떠오른 모양인지 정마륭이 버럭 소리를 질렀다.

전낭이 순식간에 쪼그라드는 공포는, 아니 돈이 모자랄지도 모른다는 두려움은 겪어 보지 못한 이들은 알 수 없다.

"왜 먹는 거 가지고 그래. 윤이 덩치를 보면 그렇게 먹는 게 당연하지. 그렇다고 윤이가 네 걸 뺏어 먹는 것도 아닌데."

"……사실 그때 빈털터리가 될 뻔했거든요. 스무 그릇에서 끊지 않았으면 외상을 걸어 두어야 했을 거예요."

"내가 줄 테니 너무 아까워하지 마."

소하정이 웃으며 정마륭의 손을 잡았다.

그러나 정마륭은 황급히 고개를 저었다.

"아니, 괜찮아요!"

"승천무관에 와서 무보수로 일하는 거 다 아는데. 괜찮아,

무인환생

받아."

"무보수라니요. 돈보다 더 귀한 배움을 받고 있는데요. 그리고 저랑 윤이 나름 용돈 벌이는 하고 있어요. 어육점(魚肉店)에서 버는 돈이 제법 쏠쏠하거든요."

"그래 봤자 푼돈이지 뭐."

"티끌 모아 태산이라는 말도 있잖아요."

정마룡이 손사래를 쳤다.

풍족하지는 않지만 그래도 아직 소하정에게 손을 벌릴 정도는 아니었다.

더구나 숙식을 승천무관에서 하기에 군것질하는 것 말고는 딱히 돈이 들어갈 곳도 없었고 말이다.

"티끌 모아 봤자 티끌일 뿐이야."

"잔인하세요, 관주님."

"현실을 말한 것뿐이야. 돈을 벌게 해 주는 건 결국 돈이거든."

"어서 오세요. 편한 자리에 앉으시면 돼요."

정마룡에게 현실을 알려 준 석진호는 수레를 이용해 만든 듯한 노점상 앞에 앉았다.

의자가 상당히 조악했지만 의외로 착석감은 나쁘지 않았다.

사람의 손을 많이 타서 편해진 듯한 느낌이라고나 할까.

"오랜만이야, 소설아."

"안녕하세요, 아주머니."

"국수 네 그릇 말아 줄래?"

"네!"

석진호와 함께 자리에 앉은 소하정이 익숙하게 주문을 했다.

그러자 열두어 살 정도로 보이는 소녀가 빙긋 웃으며 옆에 있는 할머니의 귓가에 입을 가져다 대고 말하기 시작했다.

"할머니께서 귀가 안 좋으세요."

"그런 것 같네. 건강도 안 좋고."

"근데 어쩔 수가 없어요. 남매를 먹여 살리려면 일을 할 수밖에 없거든요."

소하정이 씁쓸한 표정을 지으며 말했다.

하지만 그런 기색은 창졸간에 사라졌다.

채소설의 앞에서 이런 표정을 짓는 것 자체가 무례라는 걸 잘 알아서였다.

"그동안 잘 지냈어?"

"네! 아, 지난번에 주신 문어는 정말 잘 먹었어요! 근데 다음부터는 안 그러셔도 돼요."

"에이, 문어 한 마리 가지고. 우리 통발에 문어 잘 들어와. 그리고 우리는 질리도록 먹기도 했고."

정마룡이 팔꿈치로 옆에 앉은 탁윤의 옆구리를 찔렀다.

그러자 탁윤이 뒤늦게 거들듯이 말했다.

武人還生
무인환생

"맞아. 우리는 너무 자주 먹어서."

"그래도 값이 꽤 비싼데……."

"신선도 떨어지면 제값도 못 받아. 그리고 이건 비밀인데, 우리 관주님이 돈이 많으셔. 네가 걱정하지 않아도 돼."

"호호호!"

대단한 비밀이라도 말해 주는 것처럼 얼굴을 들이밀어 속삭이는 정마룡의 모습에 채소설이 손으로 입을 가리며 웃었다.

그러면서 새삼스러운 눈으로 조용히 음식을 기다리고 있는 석진호를 쳐다봤다.

자신과 나이 차이가 크게 나지 않는 것 같은데 홍갈파의 무리를 단번에 쓸어 버렸다고 하자 놀라웠던 것이다.

'딱히 무서워 보이지도 않고.'

황화현의 뒷골목을 휘어잡고 있는 흑도 무리가 근래 가장 두려워하는 인물이 바로 앞에 앉아 있는 석진호였다.

그런데 채소설의 눈에는 딱히 대단한 인물처럼 보이지 않았다.

오히려 탁윤이 더 위협적인 느낌이었다.

"우리 관주님은 왜 그렇게 쳐다봐?"

"아, 아니에요!"

"흐음, 수상한데."

"오늘은 양을 많이 드릴게요!"

게슴츠레한 정마룡의 시선에 채소설이 황급히 채소를 썰었다.

소면 위에 올라갈 고명을 즉석에서 손질했던 것이다.

"그럴 필요 없어. 윤이는 아예 세 그릇을 줘. 그래야 다시 만들 시간이 생길 테니까. 근데 소강이는 어디 갔어?"

"집에 땔 장작이 없어서 산에 갔어요."

"이 날씨에?"

정마룡이 걱정스러운 표정을 지었다.

봄이 머지않았다지만 그래도 추위가 상당했다.

더구나 채소강의 나이가 고작 열넷밖에 안 되었기에 더욱 염려스러웠다.

"에이, 더 어릴 적에도 자주 갔었는데요. 산속 깊은 곳에 가는 것도 아니고 산기슭 주변에서 주워 오거나 잔가지 쳐서 가져오는데요, 뭘."

"그렇다면 다행이고."

"여기 나왔습니다!"

대화하는 사이 어느새 소면 여섯 그릇이 완성되었다.

면을 보기 좋게 말아 담은 후 육수와 고명 두 개가 전부인 단출한 소면이었지만 냄새는 결코 가볍지 않았다.

깊은 맛이 절로 느껴지는 진한 향에 정마룡은 물론이고 탁윤과 소하정도 콧구멍을 벌렁거리며 숨을 깊게 들이쉬었다.

"좋다."

"역시 향도 끝내준다니까. 도련님도 드셔 보세요."

"그래."

얼굴 가득 행복한 미소를 짓는 세 사람의 모습에 석진호는 피식 웃으며 낡은 젓가락을 들었다.

그러고는 천천히 향을 음미했다.

"괜찮네."

"맛은 더 좋아요."

"그 전에 추가 주문부터 하고 싶은데. 스무 그릇 정도 더 되나?"

"스, 스무 그릇이나요?"

채소설의 목소리가 높아졌다.

맛은 확실하기에 단골들이 제법 많은 편이기는 하지만 그렇다고 장사가 엄청나게 잘되는 것은 아니었다.

또한 소면 한 그릇 팔아서 이문이 크게 남지도 않았고.

그래서 하루 벌어 하루 먹고산다고 해도 과언이 아닌데 한 번에 스무 그릇 이상의 주문이 들어오자 채소설은 반색하며 소리쳤다.

"안 되면 되는 것까지만······."

"돼요! 서른 그릇도 팔 수 있어요!"

"그래?"

대량 주문을 포기할 수 없다는 듯이 황급히 대답하는 채소설의 모습에 석진호는 탁윤을 쳐다봤다.

서른 그릇도 먹을 수 있냐고 물어보는 눈빛이었다.

그리고 그 눈빛에 탁윤은 당연하다는 듯이 입을 열었다.

"새 기록에 도전해 보겠습니다."

"그렇다면야."

어릴 때 못 먹고 자라서 그런지 탁윤은 식탐이 좀 있었다.

평소에는 조절하는 편이지만 마음껏 먹을 수 있을 때는 어마어마하게 먹는다는 사실을 알기에 석진호는 곧바로 채소설에게 주문했다.

"감사합니다! 정말 감사합니다!"

"맛은 똑같이. 한 번에 만든다고 맛이 변하면 안 되는 거알지?"

값을 미리 지불하며 석진호가 말했다.

급하게 만든다고 맛이 변하는 건 원치 않아서였다.

"걱정 마세요! 한 그릇 한 그릇 늘 정성을 다해서 만드니까요."

"보겠어."

석진호의 말에도 채소설의 시선은 끓는 물을 향해 있었다.

서른 그릇을 만들려면 부지런히 움직여야 했다.

더구나 할머니는 노구의 몸이라 무리를 해서는 안 되니 더더욱 자신이 부지런을 떨어야 했기에 채소설은 작은 공간에서 빠르게 움직이며 야무지게 준비했다.

"잘하죠?"

"그러네."

"어린게 얼마나 싹싹한지 몰라요. 손도 야무지고."

"딸 삼고 싶은 눈인데?"

"호호호! 할 수만 있다면요. 아, 지금은 없는데 한 살 위 오빠도 참 착해요. 나이도 어린데 진중한 게 윤이랑 비슷해요."

여기에 한두 번 온 게 아닌지 소하정은 끊임없이 남매에 대해서 설명했다.

오늘 처음 본 석진호가 세 가족에 대해서 샅샅이 알게 될 정도로 말이다.

"호오."

"맛있죠?"

"응. 내가 먹었던 소면 중에 제일 맛있는데?"

그러나 석진호를 가장 놀라게 한 건 소면이었다.

겉으로 보기에는 딱히 특별한 점이 없는데 맛은 기가 막혔다.

전생을 통틀어 두 손가락 안에 들어가는 맛에 석진호가 깜짝 놀란 표정을 지으며 채소설을 쳐다봤다.

"저도 처음 맛보고 얼마나 놀랐는지 몰라요. 다른 건 몰라도 소면은 저보다 소설이가 더 잘 만들 거예요."

"인정."

"너무 빠르게 인정하시는 거 아니에요?"

소하정이 눈을 흘겼다.

그래도 조금은 고민하는 기색을 보여 주었으면 했는데 너무 곧바로 인정하자 서운했던 것이다.

"맛은 냉정하게 평가해야지. 나도 두 그릇 더 먹어야겠다."

"저도 한 그릇 더 먹을래요!"

"그럼 저도 한 그릇 추가하겠습니다."

탁윤과 마찬가지로 코를 박고 소면을 흡입하던 정마룡이 슬그머니 손을 들었다.

다 같이 먹으니 왠지 더 맛있는 거 같고, 더 들어갈 것 같아서였다. 게다가 이번에는 석진호가 사는 것이었기에 주머니 사정을 걱정할 필요도 없었다.

"마음껏 먹어. 윤이도 부족하면 말하고."

"감사합니다!"

"잘 먹겠습니다!"

우렁찬 두 사람의 대답에 석진호는 고개를 한차례 끄덕이고는 천천히 소면을 음미했다.

마치 고급스러운 음식을 맛보듯이 말이다.

그 모습에 이가 대부분 빠진 채소설의 조모가 흐뭇한 미소를 지었다.

석가장에서 지내는 처소와 마찬가지로 앞마당에 심어 두

었던 감나무에 새싹이 하나둘 자라기 시작했다.

어느덧 봄이 성큼 다가왔던 것이다.

동시에 뒷마당에서 콜콜한 분뇨 냄새가 풍기기 시작했다.

토끼와 돼지가 싸지르는 똥이 적지 않았던 것이다.

"차라리 땅을 사서 목장을 만들어야 하나. 냄새가 좀 심한데."

코를 찌르는 듯한 분뇨 냄새에 석진호가 미간을 좁혔다.

가뜩이나 오감이 예민한 그이다 보니 더욱 강렬하게 콧속으로 파고들었던 것이다.

냐아옹.

"너도 심하다고 생각하지?"

석진호의 어깨에 앉아 있던 흑휘가 고개를 크게 주억거렸다.

못 참을 정도는 아니지만 심각한 건 사실이었다.

"돼지를 괜히 키우기로 했나."

얼마 전 들인 돼지 세 마리를 떠올리며 석진호가 입맛을 다셨다.

정마룡의 강력한 의견으로 돼지를 들였는데 그로 인해 분뇨 냄새가 극심해졌다.

원체 많이 먹는 녀석들이라서 그런지 싸는 양도 어마어마했다.

"유모가 거름으로 쓴다고 하지만, 그래도 텃밭의 규모에

비해 양이 너무 많은 것 같은데 말이지."

"여어!"

고개를 절레절레 젓는데 입구에서 익숙한 목소리가 들려왔다.

시선을 돌리자 가장 먼저 높게 솟은 깃발이 보였다.

석풍표국이라는 네 글자가 멋들어지게 수놓여 있는 큼지막한 깃발에 석진호는 헛웃음이 나왔다.

이렇게 뜬금없이 찾아올 줄은 몰라서였다.

"아저씨."

"지나가다가 들렀다. 잘 지냈지?"

"저야 뭐. 근데 지나가다 들른 거 맞아요?"

"설마 내가 거짓말이라도 할까 봐? 아서라. 나 그렇게 여유로운 사람 아니다. 석풍표국 대표두가 나야."

석덕월을 따라 승천무관 안으로 들어온 표사들과 쟁자수들이 호기심 가득한 눈으로 주변을 둘러봤다.

다른 이도 아니고 화제의 중심에 있던 석진호가 무관을 차렸다고 하자 다들 신기해했던 것이다.

그리고 몇몇은 의미심장한 표정을 짓기도 했다.

"인원을 보니 표행 마치고 돌아가는 길인 것처럼 보이기는 하네요."

"내가 뭣 하러 거짓말을 해. 해서 얻을 것도 없는데. 근데 네가 무관이라니. 조금 놀랍기는 하다."

武人還生
무인환생

"탱자탱자 놀 수는 없으니 일을 해야 하지 않겠습니까. 가장 잘하는 게 무공이기도 하고."

"잘 가르치긴 하지. 윤이랑 마륭이를 키워 낸 게 너니까."

"안녕하십니까!"

앞마당의 소란을 들은 모양인지 뒷마당에서 소하정을 도와주고 있던 정마륭과 탁윤이 모습을 드러내며 반갑게 인사했다.

그런데 둘을 본 석덕월이 깜짝 놀랐다.

마지막으로 석가장에서 봤을 때와 너무나 달라져 있어서였다.

"둘 다 어떻게 된 거야?"

외공을 익힌 탁윤이야 그 수준이 정확히 가늠되지 않는다고 하지만 정마륭은 아니었다.

몇 달 사이에 확연히 깊어진 내공에 석덕월이 믿을 수 없다는 표정을 지었다.

"예? 뭐가요?"

"웬만한 이급 표사보다 공력이 깊은 것 같은데?"

"아하하."

어리둥절한 표정을 지었던 정마륭이 어색하게 말했다.

사실 가장 놀라운 건 그였다.

하지만 그렇다고 해서 자랑하듯 떠벌릴 수는 없었다.

어떻게 보면 기밀이라고도 할 수 있어서였다.

"일단 들어오시죠. 식사는 하셨습니까?"

"차려 주면 좋지. 표행 중일 때는 종종 중식을 건너뛰지만 지금은 복귀하는 길이니까."

"알겠습니다. 마룡이는 객점에 가서 음식 좀 사 와. 인원이 많아서 유모 혼자서는 힘드니까."

"옙! 금방 다녀오겠습니다!"

정마룡이 달구지를 소에 연결하고서 부리나케 밖으로 나가는 것을 보며 석진호는 석덕월을 돌아봤다.

석가장에서 지냈던 처소야 접객실이 따로 없을 정도로 작았지만 여기 승천무관은 달랐다.

상담실 겸 접객실이 있었기에 석진호는 석덕월을 이 층으로 이끌었다.

"괜찮네. 밖에서 보기에는 꽤 낡아 보였는데."

"싹 다 공사했으니까요."

"돈이 적지 않게 들었겠는데?"

"이것저것 모아 보니 되더라고요."

석덕월에게 자리를 권한 후 석진호도 앉았다.

그러자 기다렸다는 듯이 소하정이 다과상을 내왔다.

"오랜만이야, 하정아. 근데 밖이 확실히 좋기는 한 모양이야. 피부가 완전히 달라졌는데?"

"저한테 그렇게 말씀하셔도 나오는 거 없어요."

"에이, 내가 뭐 얻어 내려고 칭찬하는 사람인 줄 알아?"

무인환생

"급한 사람은 어디에나 매달리게 되는 법이죠."

"왜 또 갑자기 이야기가 그리로 가고 그래?"

석덕월이 허탈한 표정을 지었다.

어째 만나기만 하면 대화가 그쪽으로 가는 것 같아서였다.

"걱정되어서 그래요."

"나는 행복하니까 걱정하지 마. 요즘은 근심 걱정이 전혀 없어."

"대화 나누세요."

소하정이 알 수 없는 표정을 지으며 접객실을 나갔다.

하지만 그녀가 나갔음에도 석덕월의 표정은 어두웠다.

"대체 나한테 왜 그러는 건지 모르겠다."

"걱정돼서 그러죠. 노총각이시니까."

"넌 내 나이가 안 될 것 같지?"

"언젠가는 되겠죠."

석진호가 차를 홀짝였다.

불혹이라는 나이는 그에게 있어 딱히 새삼스럽지 않았다.

지천명, 이순을 넘어 석진호는 전생에서 백 년이라는 세월도 살아 봤다.

그렇기에 나이에 큰 의미를 두지 않았다.

"애늙은이 같은 성격은 변하지가 않는구나."

"근데 어쩐 일이십니까? 단순히 구경하러 오신 건 아닐 텐데."

"꼭 이유가 있어야지만 올 수 있는 곳이냐?"

"그건 아닙니다만."

"잘 지내는지 궁금해서 찾아왔다. 사실 더 일찍 찾아오고 싶었는데 갑자기 이런저런 일이 생겨서 말이다."

석덕월이 사람 좋은 미소를 지으며 말했다.

그러면서 대견하다는 듯이 석진호를 쳐다봤다.

가문에서 버림받다시피 방치되었던 이가 눈앞에 앉아 있는 석진호였다.

한데 어느새 어엿한 무관의 주인이 되어 있자 석덕월은 가슴이 다 뿌듯했다.

"근데 너무 빈손으로 오신 거 아닙니까?"

"흠흠! 급하게 오다 보니까. 선물은 내 따로 보내 주마."

"농담입니다. 아직까지는 딱히 어려운 점이 없어서요. 관도가 없기도 하고."

"첫술에 배부르려고 하는 건 욕심이지. 이제 막 시작했는데. 근데 둘을 보면 걱정은 안 해도 될 듯싶다."

석진호가 따라 준 차를 한 모금 들이켜며 그는 탁윤과 정마룡을 떠올렸다.

단기간에 둘을 그 정도로 발전시킬 실력이라면 망할 걱정은 하지 않아도 될 것 같았다.

'아니지.'

둘을 떠올리던 석덕월이 순간 눈을 빛냈다.

무인환생

무언가가 그의 뇌리를 번뜩이고 지나갔던 것이다.

쿠웅!

그때 창문 밖에서 묵직한 진각 소리가 들렸다.

동시에 사람들의 환호성이 터져 나왔다.

"무슨 일이지?"

뒤이어 치고받는 듯한 경쾌한 격타음에 석덕월이 자리에서 벌떡 일어나 창가로 갔다.

혹시나 싸움이 벌어진 것은 아닐까 싶어서였다.

그런데 창문 밖으로 보이는 광경은 그의 예상과는 많이 달랐다.

"대련 중일 겁니다."

"그게 보여?"

"살기가 없잖습니까."

"허어."

느긋하게 대답하는 석진호의 모습에 석덕월이 감탄한 표정을 지었다.

진즉에 자신을 뛰어넘었다는 걸 알았지만 그래도 이 정도일 줄은 몰랐기에 석덕월은 새삼스러운 눈으로 석진호를 쳐다봤다.

"비슷한 수준이니 서로에게 도움이 될 겁니다."

"윤이가 이길 거라고 생각해?"

"쉽게 지지는 않을 거라고 생각합니다. 아직 윤이는 경험이 부족한 편이라."

파바바밧!

마치 미리 예견한 듯 일급 표사의 주먹이 탁윤의 전신을 두들겼다.

살기는 없지만 제법 매섭게 쏟아지는 공격이었다.

하지만 그럼에도 탁윤은 물러나거나 겁먹지 않았다.

오히려 더욱 앞으로 나아갔다.

'허! 일 년 정도 만에 이 정도라고?'

명색이 무관인 데다가 석풍표국에서 봤을 때보다 확연히 달라진 기도를 뿌리는 모습에 한 수 가르쳐 줄 요량으로 비무를 제안했던 견중덕이 경악한 표정을 지었다.

막상 붙어 보니 탁윤의 실력이 보통이 아니었던 것이다.

심지어 그는 지금 공력을 구 할 가까이 사용하는 중이었다. 그런데도 탁윤은 그의 공격을 아무렇지 않게 받아 내고 있었다.

투웅!

아니, 받아 내는 것에 멈추지 않고 간헐적이긴 하지만 그를 밀어내기까지 했다.

그것도 상당히 강력한 일 권을 내지르면서 말이다.

武人還生
무인환생

투로는 단순했지만 거기에 무지막지한 힘이 실리니 제아무리 견중덕이라도 쉽게 받아 낼 수가 없었다.

"흡!"

체격 차이에서 오는 힘도 힘이지만 견중덕을 더 놀랍게 만든 건 탁윤의 외공이었다.

현재 무림에서 거의 사장되다시피 한 게 바로 외공이었다.

그런데 탁윤은 그 외공으로 그의 모든 공격을 받아 내고 있었다.

'조문을 노려야 해.'

정면으로 달려드는 탁윤의 공세를 맞받아치며 견중덕이 침착하게 몸 곳곳을 살폈다.

외공을 익히면 필수적으로 조문이 생기는데 바로 그곳이 약점이었다.

아무리 철갑 같은 피부를 손에 넣었어도 조문만큼은 어쩔 수 없는 게 외공의 한계였기에 견중덕은 공격을 하면서 탁윤의 몸 곳곳을 두들겼다.

공격을 펼치면서 조문을 찾았던 것이다.

'왜 없지? 설마 조문이 없는 건가? 하지만 그건 불가능한데.'

그러나 시간이 흘러도 조문은 발견되지 않았다.

빈틈을 노려 겨드랑이와 오금까지 확인했음에도 균형만 조금 흔들렸을 뿐 탁윤은 딱히 고통스러워하는 기색을 보이지 않았다.

'설마⋯⋯.'

견중덕의 시선이 순간 한 곳으로 향했다.

그곳 말고는 딱히 의심 가는 곳이 생각나지 않아서였다.

'아니, 아직 한 곳이 남았다. 그리고 방법이 없는 것도 아니고.'

자꾸만 가려는 시선을 애써 붙잡으며 견중덕이 생각을 털어 냈다.

그러고는 단전의 공력을 가일층 끌어 올렸다.

조문을 찾아내서 공략하는 게 가장 좋은 방법이지만 다른 방법이 없는 건 아니었다.

다만 그의 수준에서 완벽하게 펼칠 수 없기에 조문을 찾았던 것뿐이다.

움찔!

내가중수법의 묘리를 담아 펼친 일격에 어깨를 맞은 탁윤이 처음으로 멈칫거렸다.

일반적인 공격과 달리 내가중수법은 육신의 내부를 직접적으로 가격하는 공격이었다.

그런 만큼 외공을 익힌 무인에게는 상극과도 같은 기술이었고, 그 결과 탁윤은 내상을 입은 듯 입에서 가느다란 피를 흘렸다.

"그만!"

武人還生
무인환생

그 모습에 석덕월을 제외하면 가장 상급자이자 이번 비무의 심판이기도 한 배륭이 손을 들며 크게 소리쳤다.

더 이상은 서로에게 불필요하다고 생각했기에 비무를 이쯤에서 끝내려는 것이었다.

"고생하셨습니다."

"너도 고생했어. 진짜 많이 강해졌더라. 계속했으면 내가 졌을지도 모르겠어."

"그건 아닌 것 같습니다."

"일단 이것부터 먹어."

정중하게 인사하는 탁윤에게 견중덕이 황급히 내상약을 건넸다.

비싼 건 아니지만 석풍표국에서 보급품으로 나오는 약이었기에 웬만한 내상약보다 나았다.

그리고 내상이라는 건 입었을 때 바로 조치를 해야 후유증이 없었기에 견중덕은 어서 빨리 먹으라는 듯이 물까지 주었다.

"감사합니다."

"고맙긴. 내가 손을 과하게 써서 다친 건데. 근데 내가중수법이 아니면 방법이 없더라, 하하."

"저도 많이 배웠습니다."

내상약을 먹으며 탁윤이 빙긋 웃었다.

빈말이 아니라 진짜 좋은 경험이 되었기에 탁윤은 이번 비무에 만족했다.

"그럼 내상이 가라앉으면 나랑도 하자."

"나와도 한번 해 주었으면 좋겠는데."

탁윤의 주위로 표사들이 우르르 모여들었다.

견중덕과 같은 표사들은 물론이고 쟁자수들 역시 은근슬쩍 다가왔다.

불과 작년까지만 해도 탁윤이 일개 하인이었다는 것을 알고 있었기에 조언이라도 들을까 싶어 모여든 것이다.

"보고도 믿기지가 않네."

창가에서 제자리로 돌아온 석덕월이 얼떨떨한 표정을 지었다.

두 눈으로 직접 보고도 믿기지가 않아서였다.

그 정도로 탁윤의 성장은 충격적이었다.

"윤이가 얼마나 노력했는지 아시면 그런 말씀 못 하실 겁니다."

"당연히 노력했겠지. 노력도 없이 저 정도로 성장한다는 건 불가능하니까. 아무리 재능이 대단해도 제대로 갈고닦지 못하면 소용없는 게 이 바닥인데. 근데 더 놀라운 건 네가 저렇게 키워 냈다는 거다. 불과 일 년 만에."

"정확하게는 일 년 반 정도죠."

"일 년이나 일 년 반이나."

석덕월이 놀랍다는 표정으로 석진호를 쳐다봤다.

무공 실력이 대단한 건 익히 알고 있었지만 가르치는 것에도 일가견이 있을 줄은 몰랐다.

"윤이와 마룡이는 본보기입니다. 더불어 향후 본 무관의 무공 교두들이기도 하죠. 그러니 당연히 신경 쓸 수밖에요."

"비법이 뭐야?"

"말해 줄 것 같습니까?"

"치사하긴."

석덕월이 석진호를 째려봤다.

하지만 그런 석덕월의 눈빛에도 석진호는 느긋하게 차만 홀짝였다.

"비법이 괜히 비법이 아니지요."

"무관이면 관도들을 받겠지?"

"물론이죠."

"그럼 우리랑 정식으로 계약을 맺는 건 어때?"

스윽.

석덕월의 말에 석진호는 미리 준비한 것처럼 서류 한 장을 꺼내 탁자에 올려 두었다.

이윽고 석덕월이 빠르게 앞에 놓인 서류를 읽어 내려갔다.

그런데 시간이 갈수록 그의 표정이 요상해졌다.

"설마 미리 준비하고 있었던 거냐?"

"가지고 있는 걸 활용하는 건 당연하지요."

석덕월이 헛웃음을 흘렸다.

일목요연하게 정리된 서류를 보자 석진호가 오래전부터 준비했음을 알 수 있어서였다.

"삼십 일 과정, 육십 일 과정, 구십 일 과정이라. 반년 과정을 끊으면 이십 일을 공짜로 붙여 준다고? 이런 건 어떻게 생각한 거야?"

"죽어라 궁리하니까 나오더라고요. 나쁘지 않죠?"

"나쁘지 않은 정도가 아니라 엄청난 상술인데?"

"그 정도까지는 아니죠."

석진호가 어깨를 으쓱거렸다.

어육점이나 포목점만 보더라도 많이 사면 덤을 준다.

거기서 착상해서 만든 것이기에 석진호는 딱히 대수롭게 생각하지 않았다.

"가격도 길게 계약할수록 저렴해지는 것도 유도 상술이고. 역시 피는 못 속이는구먼."

"너무 가셨습니다. 참고로 식비, 숙박비 포함입니다."

"그러기에는 살짝 작은 거 같지 않아? 우리만 해도 넘칠 것 같은데."

"아직 확정된 건 아무것도 없지 않습니까."

"하긴."

우려 섞인 눈빛으로 주변을 둘러보던 석덕월이 고개를 주억거렸다.

武人還生
무인환생

자신이 너무 앞서갔다는 것을 깨달아서였다.

"확정은 아니고 저도 준비 중입니다. 잊으신 것 같은데 승천무관은 이제 막 개관했습니다."

"그렇지."

"감당하지 못할 정도로 관도를 받을 생각도 없고요."

"이거 가져가도 되지? 나 혼자서 결정할 수 있는 사안이 아닌 것 같아서."

"물론이죠."

석진호도 애초에 바로 계약할 거라고는 생각하지 않았다.

그러기에는 사안이 제법 크다는 걸 인지하고 있었기에 순순히 고개를 끄덕였다.

"이 문제는 이렇게 끝내고, 이제 밥 좀 먹자. 머리를 하도 굴렸더니 배고프다."

"슬슬 준비되었을 겁니다. 마룡이도 음식을 가져오고 있을 테고요."

"마룡이 녀석도 많이 컸던데."

"아직 한참 멀었습니다."

"네 기준에서야 그렇지. 나한테는 거의 하늘이 쪼개질 정도로 엄청난 성장세야."

석덕월이 피식 웃으며 말했다.

하지만 말투와 달리 그는 진심이었다.

아마 정마룡을 알고 있는 이들이라면 그와 똑같은 심정이었을 터였다.

"식사하러 가시죠."

"그래."

석진호는 대답 대신 몸을 일으켰고, 그 뒤로 석덕월이 따랐다.

이제는 완연한 봄을 알리듯 창문을 열기 무섭게 꽃향기가 물씬 풍겼다.

햇볕도 따사로운 것이 딱 낮잠을 자기에 완벽한 환경이었지만 석진호는 오수보다는 여유롭게 차 한 잔을 즐겼다.

대신 그가 즐기지 못한 오수는 흑휘가 만끽했다.

석진호의 가랑이 사이에 자리를 잡고서는 늘어지게 잠을 잤던 것이다.

똑똑똑.

"저예요, 도련님."

"들어와."

흑휘의 코 고는 소리만이 고적한 방 안에 울려 퍼질 때 문밖에서 소하정의 목소리가 들려왔다.

그런데 그녀 뒤로 두 개의 작은 인기척이 더 있었다.

"아, 안녕하세요!"

"오랜만에 뵙습니다, 관주님!"

소하정의 뒤를 따라 들어온 두 아이가 잔뜩 긴장한 얼굴로 인사해 왔다.

그 모습에 석진호는 부드러운 미소를 머금었다.

"내가 무서워? 왜 그렇게 긴장들 하고 있어? 우리가 처음 보는 사이도 아닌데."

"여기서는 처음이라서 그런가 봐요."

"그럴 수도 있겠네. 다들 앉아."

대신 대답하는 소하정의 말에 석진호는 고개를 끄덕이며 자리를 권했다.

그러자 채소강, 채소설 남매가 여전히 긴장한 얼굴로 소하정의 옆에 나란히 앉았다.

"도련님께 드릴 말씀이 있어서 올라왔어요."

"무슨 일이기에 평소 유모답지 않게 그렇게 기합이 바짝 들어가 있어?"

"부탁이 있어서요."

"남매와 관련이 있나 봐?"

석진호의 시선에 두 남매가 움찔거렸다.

그러더니 고개를 푹 숙였다.

관주라는 직책도 직책이지만 석진호에게는 묘한 분위기가 있었다.

쉽사리 다가가기 힘든 분위기가 말이다.

"예. 제가 두 아이를 데려온 건요."

처음부터 당당하게 들어왔던 소하정은 이내 두 남매의 근황에 대해서 설명했다.

짧고 굵게 딱 필요한 부분만 설명하는 말에 석진호는 말없이 듣기만 했다.

"장례는 잘 치렀고?"

"예에."

돌아가신 할머니가 생각난 모양인지 채소강이 입술을 깨물며 눈시울을 붉혔다.

하지만 남자이기에 눈물을 흘리지는 않겠다는 듯이 악착같이 참아 냈다.

"둘 다 마음고생이 심했겠네."

"그래서 두 아이를 우리가 고용했으면 해요, 도련님."

"흠."

소하정이 간절한 눈으로 석진호를 쳐다봤다.

그러나 석진호는 섣불리 대답하지 않았다.

대신 두 남매를 지그시 쳐다봤다.

특히 채소설을 말이다.

'그러고 보니 유모 혼자만 여자로군.'

채소설을 보자 석진호는 문득 잊고 있던 사실을 떠올릴 수 있었다.

석가장에서야 다른 하녀들도 있었지만 승천무관에서 여인

이라고는 소하정뿐이었다.

그러니 말 상대 삼아 고용하는 것도 나쁘지는 않았다.

음식 솜씨야 하나를 보면 열을 안다고 걱정하지 않았고, 채소강 역시 나이에 어울리지 않게 열심히 살아가는 아이였다.

"안 될까요?"

"안 될 건 없지. 겨우 두 명인데. 지난번에 내가 넌지시 말하기도 했었잖아."

"그럼?"

소하정의 얼굴이 밝아졌다.

그리고 덩달아 두 남매도 내심 기대하는 표정을 지었다.

만약 여기서 안 되면 길거리에 나앉다시피 해야 했기에 둘은 속으로 간절히 기도했다.

"언제부터 일할 수 있어?"

"지금 당장부터 할 수 있습니다!"

"집은? 둘이서 지낼 만해? 둘만 지내기에 괜찮겠어?"

"좀 낡기는 했는데……."

우렁차게 대답했던 채소강이 말끝을 흐렸다.

집이라고 하지만 막말로 바람만 겨우 막는 수준이었다.

한겨울에는 웃풍이 심했기에 남매가 생활하기에는 썩 좋지 않았다.

"이참에 아예 들어와. 뒷마당에 한 채 지어 줄 테니까. 다지을 때까지는 여기서 머물고."

"그, 그래도 될까요?"

"안 될 건 뭐야? 대신 성실히 일해야 해."

"열심히 하겠습니다!"

"임금은……."

가장 중요한 급여에 대해서 언급하자 채소강이 침을 삼켰다. 동생이 시집갈 때까지 책임져야 하는 만큼 채소강에게 있어 임금 문제는 너무나 중요했다.

물론 어린 둘을 고용해 주는 것만으로도 감지덕지였지만 그래도 채소강은 내심 임금을 후하게 쳐주었으면 하는 마음이 있었다.

그만큼 죽어라 할 생각도 있었고.

"유모가 결정해. 대부분 유모하고 함께할 테니까."

"알겠어요."

"소강이는 마룡이와 윤이한테 인수인계받도록 해. 두 사람은 이제 무공 수련에만 전념할 수 있게. 앞으로 무공 교두가 될지도 모르는데 미리 준비시켜 줘야지. 소설이는 유모가 데리고서 해야 할 일 알려 주고."

"그리할게요."

한결 밝아진 얼굴로 소하정이 대답했다.

그러고는 잘되었다는 듯이 두 남매를 껴안았다.

"일 못하면 언제든지 자를 생각이니까 건성으로 할 생각

무인환생

하지 말고."

"죽어라 하겠습니다! 그리고 받아 주셔서 감사합니다, 관주님!"

"감사합니다!"

오빠 따라 채소설이 큰 목소리로 소리치며 고개를 숙였다.

이마가 탁자에 거의 닿을 정도로 허리를 숙이는 두 남매의 모습에 석진호는 피식 웃으며 손을 저었다.

"고마워할 사람이 잘못됐어. 그 말은 유모에게 해야지."

"감사합니다!"

"저희 정말 열심히 할게요!"

"그래그래."

소하정은 자신에게 폭 안기는 두 남매의 등을 쓸어내리며 따스하게 웃었다.

그러고는 석진호를 향해 고맙다는 눈빛을 보냈다.

하지만 두 남매의 합류는 석진호로서도 나쁘지 않았다.

안 그래도 일손을 뽑을까 생각하던 찰나였고, 나이가 좀 어리기는 하지만 그래도 두 남매가 어떤지 모르지 않았기에 고민은 짧았다.

✦

창문 하나 없는 밀실로 세 사람이 동시에 들어왔다.

각자 심복 한 명씩을 대동하고서 방 안에 들어온 셋은 익숙하게 자리를 찾아 앉았다.

"다들 표정이 좋지 않군."

"좋으면 그게 더 이상하지 않나?"

"뭐, 우리 쪽은 딱히 큰 피해는 없어서."

마른 체형 때문인지 더욱 날카로워 보이는 인상의 사내가 통통한 체격의 장년인을 노려봤다.

하지만 그 시선에도 장년인은 어깨를 으쓱였다.

"자, 자! 오랜만에 봤는데 왜들 그래."

"왜 보자고 한 거야?"

사내의 시선이 오늘 자리의 주최자라 할 수 있는 노인에게로 향했다.

그러나 차가운 사내의 눈빛에도 노인은 능글맞게 웃었다.

"알면서 뭘 물어?"

"모르니까 묻는 건데."

"그렇다면 실망인데. 난 아니까 참석한 거라고 생각했는데 말이지."

"돌려 말하지 말고 본론을 꺼내."

사내의 눈빛이 더욱 날카로워졌다.

금방 칼이라도 뽑을 것처럼 매서운 기세를 풍기는 모습에 노인이 졌다는 듯이 어깨를 으쓱였다.

"살기 좀 거두게. 내 나이를 알면서도 그러나."

무인환생

"쓸데없이 시간 낭비하지 말지."

"알았네, 알았어. 내가 이 자리를 마련한 건 다름이 아니라 얼마 전 황화현에 자리 잡은 골칫덩어리 때문이야."

"승천무관 말인가?"

"맞아. 아마 둘 다 눈엣가시일 것 같은데."

노인의 시선이 두 사람을 빠르게 훑었다.

역시나 예상했던 대로 둘의 표정은 썩 좋지 않았다.

"나보다는 혈귀가 더 급할 것 같은데."

장년인이 옅게 웃으며 사내를 쳐다봤다.

도박장을 주로 관리하는 그보다는 아무래도 싸움꾼들을 휘하에 둔 혈귀 쪽이 더 싫어할 수밖에 없어서였다.

게다가 석진호가 쓸어 버린 홍갈파와 적지 않은 친분도 있었고 말이다.

"밑에 애들이 불만을 가지고 있는 건 피차일반인 것 같은데."

"맞네. 그래서 이 자리를 마련한 거고. 천금방주도 좀 집중해 주고."

"난 잘 듣고 있어. 분위기 해치는 건 혈귀지."

혈귀가 싸늘한 눈으로 통통한 천금방주를 노려봤다.

하지만 두툼한 눈두덩이 때문에 눈동자는 보이지 않았다.

"본론으로 넘어와서, 이제 슬슬 한계이지 않나?"

"아이들의 불만이 차곡차곡 쌓인 건 사실이지. 근데 현재 상황에서는 다독일 수밖에 없잖아? 석가장에서야 스스로 나왔다지만 석풍표국이랑 하북팽가와는 좋은 관계를 유지하는 것 같던데. 얼마 전에는 석풍표국의 대표두가 직접 찾아오기도 했고."

홍갈파 이후 잠자코 있었지만 그렇다고 가만히 있던 건 아니었다.

세 조직 다 나름대로 사람을 풀어 정보를 모았다.

그렇기에 석진호에 대해서는 어느 정도 파악한 상태였다.

특히 석진호와 친분이 있거나 연이 닿아 있는 이들을 중점적으로 알아봤기에 천금방주가 입맛을 다시며 말했다.

"하지만 언제까지 이대로 살 수만은 없어. 이미 이탈이 일어나고 있고. 아직까지는 한둘 정도지만 이대로 시간이 계속 흘러간다면 상당히 많은 이들이 다른 지역으로 넘어갈 거야."

"흐음."

기루와 주루를 주로 관리하는 화노(花老)의 말에 두 사람이 미간을 좁혔다.

그러나 선뜻 동의하지는 않았다.

분명 이탈이 있는 건 사실이지만 그건 다른 두 곳도 마찬가지였다.

즉, 자기 아이들을 잘 관리한다면 여기 앉은 두 사람의 조직을 집어삼켜 황화현을 일통하는 것도 불가능은 아니었다.

"그렇게 되면 우리는 자연스럽게 말라 죽을 수밖에 없어. 굴러들어 온 돌이 박힌 돌을 밀어내는 거지. 그걸 지켜볼 건가?"

"맞는 말이야. 동의하는 부분이기도 하고. 그런데 문제는 어떻게 치워 버리느냐지. 떼로 몰려가서 죽일까? 우리가 힘을 합쳐 전력으로 달려들면 벽풍뇌호를 죽일 수는 있겠지. 절정이라고 하지만 우리가 데리고 있는 일류 무사들의 숫자가 적지 않으니까. 하지만 문제는 그다음이야. 피해도 피해지만 그 뒤의 화를 어떻게 피할 건데? 석풍표국이랑 하북팽가의 분노를 감당할 수 있겠어?"

천금방주가 고개를 저으며 말했다.

그 역시 눈엣가시인 석진호를 처리하고 싶었지만 방법이 없었다.

"허면 저대로 놔두자고? 나야 기루를 주로 관리하니 접점이 별로 없다지만 두 사람은 아닐 텐데? 특히 흑귀파가 말이지."

"흥!"

혈귀가 코웃음을 쳤다.

하지만 부정하지는 않았다.

제23장 호랑이 코털을 건드린 대가

"내 듣기로 승천무관 사람들에게 저잣거리 놈들이 알랑방
귀를 엄청 뀐다던데. 어떻게든 친해지려고 말이야."

"그것도 피차일반일 텐데."

"나는 그래도 타격이 적지. 도박장에 오는 놈들이야 거기
서 거기인데."

혈귀가 이를 악물었다.

사실 하루가 멀다 하고 부하들이 불만을 토로해 내고 있었
다.

왕처럼 지내다가 눈치를 보려니 참지를 못하는 것이었다.

게다가 승천무관 사람들과 조금이라도 연을 만들려고 하
는 모습을 보니 배알이 뒤틀렸다.

"하지만 승천무관을 치워 버려야 한다는 점에서는 동의. 이대로 가다간 결국 개판이 날 게 뻔하니까. 우리가 만든 질서가 무너질 거다."

"내가 그래서 이 자리를 만든 거 아닌가. 시간이 더 지날수록 처리할 확률이 낮아져."

"근데 문제는 아까도 얘기했다시피 방법이지. 떼로 몰려가서 죽일 수 있다는 보장이 없어. 일류와 절정의 차이가 얼마나 큰지 화노도 잘 알 거 아냐. 아무리 숫자로 밀어붙인다고 해도 피해가 어마어마할 거야."

천금방주가 무거운 표정으로 말했다.

괜히 절정부터 고수라는 단어가 붙는 게 아니었다.

그 정도로 초일류와 절정의 차이는 현격했다.

절정 고수 한 명이 열댓 명의 일류 무사들을 손쉽게 도륙할 정도로 말이다.

"쯧쯧! 도박사가 너무 단순하게 생각하는 거 아닌가? 잔머리는 잘 굴리면서 이런 일에는 왜 머리를 쓰지 않는 게야?"

"묘수가 있나?"

천금방주가 살짝 높아진 목소리로 물었다.

그리고 조용히 둘의 대화를 듣고 있던 혈귀 역시 관심을 보였다.

"굳이 우리 손으로 치워 버릴 필요는 없지 않나. 차도살인지계라는 멋들어진 말도 있고."

"음?"

"다만 이게 좀 많이 들어가서 그렇지."

화노가 엄지와 검지를 붙였다.

그 모습에 둘은 화노가 말하는 바를 이해했다.

"살문과 생사교는 힘들겠지만 흑살문 정도는 우리 셋이 자금을 합치면 어찌어찌 될 것 같은데 말이지. 게다가 우리 대신 누명을 쓸 이도 있으니 금상첨화 아닌가."

"백마표국 말이군."

천금방주가 눈을 빛냈다.

확실히 화노의 말마따나 절묘한 방법이었다.

자신들은 드러나지 않으면서 승천무관을 지울 수 있는.

"맞아. 백마표국주가 공동파의 속가제자인 만큼 의심은 하겠지만 중요한 건 바로 그것이지. 의심이 싹이 튼 순간부터는 모든 것을 쉽게 믿지 못하니까."

"우리가 드러날 일도 없고 말이지."

"사실 우리가 딱히 승천무관과 부딪친 적은 없으니까. 지금껏 조용히 지내기도 했고."

천금방주가 자기도 모르게 박수를 쳤다.

모든 상황이 이렇게 맞물릴 줄은 몰라서였다.

동시에 연륜이라는 말이 괜히 있는 게 아니라는 생각이 들었다.

"대단하군. 언제 이런 설계를 한 거지?"

"처음부터라면 믿겠나?"

"그건 아닌 것 같은데."

"맞아. 골머리 좀 썩혔지. 하지만 덕분에 설계가 잘빠졌으니까."

화노가 자신만만하게 웃었다.

돈이 좀 많이 들겠지만 그로 인해 얻을 이득을 생각하면 결코 손해가 아니었다.

"금액은 어느 정도 생각하고 있지?"

"자네도 마음에 든 모양이군."

"화노 말대로, 설계가 잘빠졌으니까. 근데 이왕이면 살문은 힘들더라도 생사교에 의뢰하는 게 확실할 것 같은데."

혈귀가 흑살문은 못 미덥다는 듯이 말했다.

살수 쪽에서는 나름 세 번째로 꼽히는 곳이 흑살문이었지만 명성을 생각하면 살문과 생사교에 비해 손색이 있었다.

그러나 화노는 단호하게 고개를 저었다.

"나도 마음 같아서는 그러고 싶지. 근데 문제는 이거야. 흑살문만 하더라도 우리 셋이 모아야 하는데 생사교는 오죽할까?"

"으음!"

다시 한번 엄지와 검지로 동그라미를 만드는 화노의 모습에 혈귀가 침음을 흘렸다.

제아무리 그들이 황화현의 뒷골목을 꽉 잡고 있다고 하지

武人還生
무인환생

만, 천하에서 보면 먼지나 다름없었다.

막말로 절정 고수 한 명 어쩌지 못해서 이렇게 모여 있지 않던가.

"최선이 흑살문이라는 데에서는 동의. 근데 금액은 정확히 어느 정도야?"

"선금을 넣으면 목표에 대해 조사한 후 합당한 가격을 제시한다고 하더군."

"아직은 모른다는 뜻이군."

"일단 선금은 내가 내지. 나머지 잔금 할 때 그 부분을 빼면 되니까."

"그래 준다면 우리는 좋지."

앞장서서 자잘한 일을 처리해 준다는데 그로서는 나쁠 것이 없었다.

어차피 먼저 내냐 나중에 내냐의 차이가 있을 뿐이니까.

혈귀 역시 같은 생각인지 조용히 고개를 주억거렸다.

"하지만 일은 확실하게 해야지."

"이거 나중에 위험한 증거가 될 수 있을 것 같은데."

미리 준비된 서약서를 내미는 화노의 모습에 천금방주가 히죽 웃으며 말했다.

그러나 화노도 만만치 않았다.

"언약만 믿으라고? 그럼 나도 여기서 손 떼지. 막말로 나는 크게 아쉬운 거 없어."

"하지. 일을 다 끝낸 후 없애 버리면 되는 일 아닌가?"

"내 말이."

혈귀의 말에 화노가 냉큼 대답했다.

너무 민감하게 받아들일 필요는 없다고 생각해서였다.

게다가 각자가 가지고 있는 비밀 장부에 비하면 이 정도 서약서는 조족지혈에 불과했다.

"둘이 그렇게까지 말한다면야."

"그리고 우리일 거라 의심이나 하겠어? 지금까지 이렇게 조용히 있었는데? 아니, 의심은 해도 당장 쳐들어오지는 못할 거야. 그러니 염려하지 말라고."

화노는 말과 함께 세 장의 서약서에 수결을 맺었다.

그러고는 두 사람에게 넘겼다.

이윽고 세 사람의 수결이 적힌 세 장의 서약서를 나눠 가진 셋은 곧바로 밀실을 나섰다.

어둠이 짙게 내린 야심한 시각.

그러나 모두가 잠든 시간에 석진호는 방에서 홀로 붓을 움직이고 있었다.

새로운 취미에 몰두했던 것이다.

잠이야 하루 한 시진 정도면 충분했기에 석진호는 등잔불을 켜 놓고서 느긋하게 글을 써 내려갔다.

"묘하게 비슷한 구석이 있단 말이지."

자신이 쓴 글귀를 내려다보며 석진호가 중얼거렸다.

미세한 붓의 놀림, 적당한 힘의 세기.

모두 초식을 펼칠 때와 너무나 흡사했다.

게다가 어떤 마음을 담고 글을 쓰냐에 따라 똑같은 글자임
에도 느낌이 완전히 달랐기에 석진호는 신기한 눈으로 아직
마르지 않은 한지를 내려다봤다.

음야앙.

그리고 그 옆에는 앞발을 모으고 앉은 흑휘가 있었다.

마치 언제 잘 거냐는 듯이 하품을 늘어지게 했는데, 그럼
에도 칭얼거리지는 않았다.

대신 끔뻑끔뻑 졸았다.

"녀석. 먼저 자라니까."

냐옹.

고개를 휘휘 젓는 흑휘의 모습에 석진호가 손을 뻗어 볼을
긁어 주었다. 그러자 흑휘가 더 긁어 달라는 듯이 손 쪽으로
얼굴을 들이밀었다.

"심심하면 가축들이 잘 있나 확인하든가. 이제는 오소리나
너구리도 네가 있는 걸 아는지 아예 얼씬도 안 하더만."

야우웅.

흑휘가 시무룩한 표정을 지었다.

안 그래도 요즘 침범하는 녀석들이 없어서 심심한 게 사실이었다.

사육장이 생긴 지 얼마 안 되었을 때는 하룻밤에도 몇 번이나 야생동물의 습격이 있었지만 지금은 사흘에 한 번 있을까 말까 한 수준이었다.

"음?"

크릉?

갑자기 석진호의 눈빛이 날카로워졌다.

그런데 그와 동시에 흑휘 역시 털을 바짝 세우며 코를 킁킁거렸다.

낯설면서 기분 나쁜 냄새가 나타나자 곧바로 반응한 것이었다.

"호오, 누구일까나, 이런 일을 꾸민 게."

날 선 반응을 보이는 흑휘와 달리 석진호는 재미있다는 표정을 지었다.

그런데 웃고 있던 그의 표정이 삽시간에 싸늘해졌다.

두 개의 기척 중 하나가 소하정의 방 쪽으로 향하는 것을 느낀 것과 동시에 석진호의 신형이 사라졌다.

냐앙!

동시에 흑휘 역시 몸을 날렸다.

보이지는 않지만 석진호의 위치를 느낄 수 있었기에 흑휘는 곧장 따라붙었다.

武人還生
무인환생

어둠이 짙게 내린 전각 외벽에 하나의 인영이 찰싹 달라붙어 거미처럼 움직였다.

두 발과 두 손을 이용해 소리 없이 삼 층으로 기어 올라갔던 것이다.

'납치 임무쯤이야.'

흑살문의 이급 살수인 이십칠호는 긴장감 없이 외벽을 탔다.

무인도 아니고 하녀 한 명을 납치하는 건 그에게 있어 식은 죽 먹기였기 때문이다.

물론 제압하는 게 죽이는 것보다 어렵다고 하나 그건 상대가 비슷한 수준의 무인일 때의 이야기였다.

잡일이나 하는 하녀 정도는 눈 감고도 제압할 수 있었다.

'진짜 임무는 십사호가 하니까. 나는 그저 하녀를 납치해서 목표물을 최대한 흔들어 놓기만 하면 된다.'

다시 한번 임무를 곱씹은 이십칠호가 능숙하게 창문을 열었다. 그런데 기술적으로 열어서 그런지 일절 소리가 나지 않았다.

"거기까지."

부릅!

소하정이 있을 침상의 위치를 확인하던 이십칠호의 뒷덜

미에 소름이 돋았다.

등 뒤에서 들려오는 싸늘한 음성에 온몸의 솜털이란 솜털은 모조리 돋아났던 것이다.

휘익!

그러나 놀람은 짧았다.

이십칠호는 창졸간에 당혹감을 떨쳐 내고는 왼팔을 크게 휘두르며 오른팔 소매에 있던 연막탄을 터트렸다.

왼팔 소매에서 꺼낸 비수를 휘둘러 시선을 끌고는 연막탄을 터트릴 시간을 벌었던 것이다.

이윽고 검은 연기가 순식간에 사방으로 퍼져 나갔다.

카르릉!

그러나 이십칠호를 노리는 건 석진호만이 아니었다.

빠르게 외벽을 타고 올라가는 이십칠호의 두 팔을 흑휘는 무자비하게 찢어발겼다.

"큭!"

허공을 수놓는 붉은 핏방울과 함께 이십칠호가 바닥으로 떨어졌다.

두 팔의 근육이 모조리 찢어졌기에 더 이상 외벽에 붙어 있을 수 없었던 것이다.

하지만 그럼에도 이십칠호는 도주를 멈추지 않았다.

비록 두 손은 쓸 수 없게 되었지만 두 발이 멀쩡했기에 미리 기억해 둔 퇴로를 따라 몸을 날렸다.

武人還生
무인환생

"소용없어."

뒤도 돌아보지 않고 도주하는 이십칠호를 보며 석진호가 조소를 머금었다.

사람보다 몇 배는 예민한 후각을 가진 흑휘가 이십칠호를 놓칠 가능성은 전무해서였다.

더구나 백년자패까지 먹은 흑휘는 석가장에 있을 때보다 족히 두 배는 강해진 상태였다.

웬만한 검기는 맨몸으로 막아 낼 정도였기에 이급 살수 정도는 혼자서 가지고 놀 수 있었다.

"퀵!"

"저쪽은 해결됐고. 이제 우리만 결판을 내면 될 것 같은데 말이지."

파파팟!

이십칠호가 신묘한 고양이에게 전투 불능이 된 걸 확인한 십사호는 냅다 몸을 내뺐다.

작전이 처음부터 어그러진 이상 굳이 무리하게 살행을 시도할 필요는 없다고 생각해서였다.

더구나 상대는 흑오채주도 단독으로 쓰러뜨렸다고 알려진 강자였기에 십사호는 고민하지 않았다.

위치를 들킨 것도 도주를 선택한 이유 중 하나이기도 했고.

'처음부터 기준을 잘못 잡았어. 나보다 윗줄의…….'

은신술을 극성으로 펼치며 도주하던 십사호의 두 눈이 부릅떠졌다.

방금 전까지만 해도 전각 외벽에 붙어 있던 석진호가 앞을 가로막고 서 있자 놀란 것이었다.

하지만 경악은 짧았다.

그는 이내 빠르게 방향을 틀며 두 다리에 진기를 집중했다.

피이잉!

그런데 그때 등 뒤에서 날카로운 소성이 들려왔다.

동시에 십사호의 신형이 고꾸라졌다.

양쪽 정강이에서 피를 흘리며 엎어졌던 것이다.

도주도 실패했다는 걸 확신한 십사호가 이빨 사이에 끼워 두었던 독단을 깨물려던 순간 거친 무언가가 입속으로 들어왔다.

"어허, 안 되지. 자결은 내가 허락하지 않아."

"우욱!"

어느새 다가온 석진호가 손가락으로 그의 입안을 헤집었던 것이다.

부르르르!

순식간에 독단만 쏙 빼내 가는 석진호의 모습에 십사호의 동공이 격렬하게 흔들렸다.

강호 초출이라고는 믿을 수 없는 노련한 행동에 경악한 것

武人還生
무인환생

이었다.

그러나 그는 놀랄 새가 없었다.

목을 붙잡고 있는 석진호의 손에서 무시무시한 기운이 그의 내부로 파고들었기 때문이다.

"끄어어억!"

"실망인데. 그래도 나름 일급 살수 수준은 되어 보이는데 비명을 지르다니. 어떠한 상황에서도 입 밖으로 소리를 내지 않는 게 상급 살수의 기본 소양 아니던가?"

"그르르륵!"

십사호의 눈에서 검은자위가 사라졌다.

지독한 고통에 그저 신음을 흘리며 몸을 꿈틀거리기만 했다.

마치 제정신이 아닌 것처럼 말이다.

그 모습에 석진호는 혼원천뢰기를 쑤셔 넣는 걸 멈췄다.

"누구야?"

"헉헉!"

서서히 돌아오는 검은자위를 확인하며 물었다.

하지만 대답은 없었다.

들리지 않는 건지 십사호는 식은땀만 흘렸다.

"뭐, 기대도 안 했어."

"끄아아악!"

어깨를 으쓱거린 석진호는 다시 혼원천뢰기를 쑤셔 넣었

다.

세상에서 가장 강력한 힘 중 하나이자 사납기 그지없는 뇌기가 순식간에 십사호의 전신 혈맥을 찢어발겼다.

그러나 이 정도로는 사람이 죽지 않았다.

무공은 잃겠지만 목숨을 잃을 정도는 아니었다.

주르륵.

게다가 입은 하나만 있는 게 아니었다.

그 사실을 증명하듯 홀로 제압한 이십칠호를 흑휘가 물어서 끌고 왔다.

왼발을 물고서 석진호에게 다가왔던 것이다.

냐아옹!

"잘했다."

칭찬해 달라는 듯이 다리에 몸을 비비는 흑휘의 엉덩이를 석진호는 시원스럽게 두드려 주었다.

그런데 그 모습을 이십칠호는 두려운 눈으로 쳐다봤다.

마물과 같았던 고양이가 아양을 떠는 모습을 보니 석진호가 얼마나 강할지 상상이 되었던 것이다.

심지어 흑살문 내에서는 강자라 불리는 십사호가 무기력하게 제압된 광경을 보자 그는 눈앞이 캄캄해졌다.

"그르르륵……."

특히 게거품을 물고 있는 모습에서 이십칠호는 직감했다.

석진호가 보기와 달리 고문을 망설이지 않는다는 사실을

말이다.

'알려진 게 너무 적었어……. 특히 무공 수위가. 고작 절정 따위가 아냐.'

이십칠호가 두 눈을 질끈 감았다.

하지만 이제 와서 알았다고 한들 달라지는 것은 없었다.

"너에게는 두 개의 선택지가 있어. 하나는 의뢰인을 말하고 편하게 죽는다. 두 번째는 죽고 싶을 정도로 지독한 고통 끝에 의뢰인을 말하고 죽는다. 아, 나는 어느 쪽이든 상관없어. 밤은 기니까."

부르르르!

아무렇지 않게 섬뜩한 말을 내뱉는 석진호의 모습에 이십칠호가 몸을 떨었다.

그리고 반사적으로 기절해 있는 십사호에게로 시선이 갔다.

"……말하면 고통 없이 죽여 주실 겁니까?"

"약속하지. 내가 또 그런 쪽에는 일가견이 있거든."

이십칠호가 눈을 감았다.

욕심 같아서는 거래를 하자고 말하고 싶었지만 그건 평등한 상황에서나 가능한 일이었다.

지금처럼 무게 추가 확실하게 기울어져 있는 상황에서는, 특히나 절대적인 을의 상황에서는 그런 말을 할 자격조차 없었다.

그렇기에 이십칠호는 최선이 아닌 차선을 택했다.

"흑귀파, 천금방, 불야루가 의뢰했습니다."

"증거는?"

"표적의 머리를 가지고 약속된 장소에서 만나 잔금을 받기로 했습니다. 그 장소로 가시면 직접 확인하실 수 있을 겁니다."

"시간이 얼마 없겠군."

"그렇습니다."

결정을 내린 이십칠호는 알고 있는 모든 걸 말했다.

이렇게 된 이상 굳이 비협조적일 필요는 없어서였다.

어차피 이걸 듣고 있는 십사호 역시 죽은 목숨이었고.

"약속한 대로 고통 없이 보내 주지. 독단보다는 훨씬 나을 거다."

"감사……."

장소를 들은 석진호는 약속대로 이십칠호를 보내 주었다.

그러고는 십사호를 어깨에 둘러업고 땅을 박찼다.

불야루(不夜樓)의 최상층에 모여 있던 세 사람이 초조한 얼굴로 창문을 힐끔거렸다.

약속된 시간이 다 되어 감에도 흑살문의 살수가 나타나지

武人還生
무인환생

않아서였다.

"……설마 실패했나?"

"그럴 리가. 그렇게 확신했는데. 들어간 돈은 또 얼마고."

"조금 더 기다려 보자고. 아직 약속 시간까지는 조금 남았으니까."

화노 역시 초조한 건 마찬가지였지만 그래도 애써 평정심을 유지했다.

잔금을 받기 위해서라도 나타날 것임을 잘 알아서였다.

"불길한데."

"정말 실패했나?"

"뗵! 재수 없는 소리 하지 말라고. 말이 씨가 될 수 있어."

화노가 노성을 질렀다.

정말로 말이 씨가 될 수도 있어서였다.

그런데 그때 창문 밖에서 맹렬한 파공음이 들려왔다.

쿠웅!

동시에 창문을 통해서 무언가가 방 안에 들어왔다.

복면이 벗겨진 피투성이의 남자 하나가 정확히 세 사람 사이에 놓였던 것이다.

"히익!"

"뭐, 뭐야!"

난데없이 날아온 사내에 천금방주와 화노가 대경실색하며 자리에서 일어났다.

반면에 혈귀는 번개같이 허리춤에 있던 검을 뽑았다.

본능적으로 일이 어그러졌음을 깨달은 것이다.

"너희구나, 날 죽이려고 공모한 게?"

"너, 너는!"

소리도 없이 창문을 통해 안으로 들어온 석진호를 발견한 세 사람의 동공이 더 이상 커질 수 없을 만큼 커졌다.

설마하니 석진호가 이곳에 나타날 줄은 몰랐기에 셋 다 깜짝 놀란 것이었다.

"각오는 되어 있겠지?"

뎅뎅뎅뎅!

스산한 석진호의 말에 화노가 황급히 정신을 차리며 품 안에 있던 작은 종을 사정없이 흔들었다.

비상사태임을 알리는 것이었다.

이윽고 넓은 방 안으로 수십 명이 모여들기 시작했다.

불야루뿐만 아니라 천금방, 흑귀파의 무리가 모조리 올라왔던 것이다.

"이왕 이렇게 된 거, 죽여!"

올라온 수하들의 모습에 혈귀가 악을 쓰며 달려들었다.

여기까지 왔다는 것 자체가 모든 걸 알고 있다는 뜻이었기에 혈귀는 고민하지 않았다.

"좋네. 나는 또 헛소리를 씨불일까 고민했는데. 이렇게 나오면 나야 좋지."

무인환생

쩌저저적!

석진호의 손에 검이 들린 것과 동시에 열댓 명의 몸이 갈라졌다.

검에서 뿌려진 한 줄기 검기에 모조리 썰려 버렸던 것이다.

병기며 육신이며 가리지 않고 양분시켜 버리는 참격에 흑귀파에 이어 석진호에게 달려들었던 천금방과 불야루의 무리가 멈칫거렸다.

"무, 무슨……!"

"이게 가당키나 한……!"

"시끄럽다."

주르륵.

초식을 펼칠 것도 없다는 듯이 석진호는 가볍게 검을 휘둘렀다.

그러나 누구 하나 그의 일격을 받아 내는 자가 없었다.

"허허허……."

털썩!

지푸라기 베어 넘기듯이 너무나 쉽게 수십 명을 도륙하는 석진호의 모습에 화노가 허망한 표정으로 바닥에 주저앉았다.

더 이상의 반항은 무의미하다는 걸 알 수 있어서였다.

그래도 데리고 있는 일류 무사들이라면, 세 조직이 힘을 합친다면 피해는 클지라도 석진호를 충분히 죽일 수 있다고 생각했다.

그러나 그건 오만이었고, 착각이었다.

꿀꺽!

그 사실을 천금방주 역시 깨달았는지 마른침만 삼킬 뿐 아무 말도 하지 못했다.

심지어 석진호와 눈도 마주치지 못했다.

"으아아아!"

그때 불야루의 최상층으로 모여들었던 이들이 다급히 몸을 돌려 도망치기 시작했다. 달려들어 봤자 개죽음을 당할 게 뻔하자 도주를 택했던 것이다.

하지만 안타깝게도 그들에게는 도주도 허락되지 않았다.

"어딜 가려고!"

"흡!"

일 층에는 정마륭과 탁윤이 있었다.

단 한 명도 빠져나가지 못하도록 석진호가 미리 두 사람을 대기시켜 놓았던 것이다.

"크아악!"

"밀지 마! 앞에 막혔다고!"

석진호의 허락에 얼마 전부터 박도를 패용할 수 있게 된 정마륭은 거침없이 살초를 뿌렸다.

모두가 석진호의 목숨을 노린 한패라는 사실을 알았기에

무인환생

그는 손 속에 사정을 두지 않았다.

그리고 그건 탁윤도 마찬가지였다.

석진호는 물론이고 소하정도 같이 노렸다는 사실에 탁윤은 진심으로 분노하며 앞에 있는 무리를 무자비하게 찍어 눌렀다.

덜덜덜!

아래에서 들려오는 비명과 단말마에 화노와 천금방주가 몸을 떨었다.

지금 들리는 소리가 마치 그들의 미래처럼 느껴져서였다.

"사사, 살려 주십시오! 소인이 아둔하여 대협께 감히 품어서는 안 될 마음을 품었습니다! 이번 한 번만 살려 주신다면 시키는 것은 무엇이든 하겠습니다! 그러니 제발 한 번만 아량을 베풀어 주십시오!"

"소인을 살려 주신다면 주기적으로 상납금을 바치겠습니다! 순수익의 팔 할을 꼬박꼬박 대협께 바치겠습니다!"

연륜을 무시할 수 없다는 말처럼 화노는 재빠르게 움직였다.

셋 중 가장 먼저 석진호를 향해 머리를 조아리며 입을 열었던 것이다.

그러자 천금방주 역시 다급히 오체투지를 하며 상납금을 거론했다.

동서고금을 막론하고 돈을 싫어하는 사람은 없었기에 천

금방주는 석진호가 조금이라도 흔들리기를 바랐다.

"상납금이라."

"소인은 구 할을! 구 할을 드리겠습니다! 또한 언제라도 불 야루를 찾아 주신다면 최고급 술상과 최상급 미모를 갖춘 아이들을 준비시키겠습니다!"

"세상 참 편히 살려고 해. 돈이면 다 해결되는 줄 아나 봐. 하긴, 그러니까 흑살문에 청부 살인을 의뢰했겠지. 자기들 손도 안 더럽히고, 자신들이 했다는 증거도 안 남고. 머리는 잘 굴렸어. 근데 너무 갔어. 차라리 지금처럼 쥐 죽은 듯이 얌전히 지냈으면 이런 식으로 날 만날 일은 없었을 텐데."

"하, 한 번만 기회를 주시면⋯⋯!"

석진호의 말투에서 무언가를 느낀 모양인지 화노가 다급하게 고개를 들고서 입을 열었다.

하지만 석진호와 눈이 마주치자 화노는 입을 다물 수밖에 없었다.

눈빛에서 이미 결정을 내렸다는 사실을 알 수 있어서였다.

"이 자리에서 저희를 죽이셔도 또 똑같은 놈들이 나타날 것입니다. 흑도 무리는 잡초와 같습니다. 그럴 바에는 차라리 저희에게 맡겨 주시면 다시는 이런 일이 벌어지지 않도록 하겠습니다! 또한 절대 대협의 눈에 띄지 않도록 하겠습니다!"

반면에 시종일관 머리를 조아리고 있던 천금방주는 청산

유수처럼 쉴 새 없이 말을 쏟아 냈다.

어떻게든 살아남겠다는 듯이 되도 않는 말을 뿌려 댔던 것이다.

"잡초는 나는 족족 뽑으면 된다. 게다가 본보기를 확실하게 해 둘 것이기에 네가 걱정하는 일은 벌어지지 않을 거다."

"그 귀찮은 일을……."

서걱.

고개를 들던 천금방주의 말이 도중에 끊겼다.

석진호의 검이 그의 목을 베어 버렸던 것이다.

동시에 지금까지 잠자코 있던 혈귀가 달려들었다.

한마디도 하지 않다가 석진호가 검을 휘두르자 그 순간을 노리고서 쇄도했다.

째애액!

동귀어진이라도 하겠다는 듯이 방어를 도외시하며 달려드는 혈귀의 기세는 살벌했다.

저승길 길동무를 하겠다는 의지가 완연했던 것이다.

그러나 혼신의 힘을 다한 마지막 일격은 석진호에게 닿지 못했다.

어느새 회수된 검이 그의 애병을 종잇장처럼 찢어 버렸던 것이다.

퉤엣!

하지만 혈귀의 진짜 공격은 따로 있었다.

최대한 석진호에게 접근한 혈귀가 입속에 준비해 두었던 독침을 날렸던 것이다.

　'이건 피할 수 없을 거다!'

　비장의 한 수를 날리며 혈귀가 비릿하게 웃었다.

　지금까지 이 수법으로 죽을 뻔한 위기를 수없이 넘겼던 그였다.

　그렇기에 혈귀는 자신했다.

　이번에도 독침이 그를 위기에서 구해 주리라고 말이다.

　투웅.

　"너 같은 놈이 이 세상에 너 하나뿐인 줄 아느냐."

　혈귀의 두 눈이 부릅떠졌다.

　창졸간이긴 하지만 석진호의 몸을 휘감고 사라진 게 무엇인지 그는 알아차렸던 것이다.

　"호, 호신……!"

　털썩!

　하지만 혈귀의 말은 더 이상 이어지지 못했다.

　시체는 말을 할 수 없었으니까.

　뒤이어 화노도 죽인 석진호는 그대로 일 층까지 내려가며 흑귀파, 천금방, 불야루의 싸움꾼들을 모조리 쓸어 버렸다.

　본보기로 삼겠다는 말처럼 석진호는 조금의 여지도 두지 않았다.

무인환생

제24장 하정객잔(河情客棧)

지난밤 피의 숙청이 있었음에도 황화현의 아침은 평소와 크게 다르지 않았다.

아니, 오히려 더 활기를 띠었다.

뒷골목 흑도 무리야 한순간에 사라진 세 조직의 빈자리를 차지하기 위해 피 터지게 싸운다지만 그건 일반 양민들하고는 크게 상관이 없었다.

게다가 새로운 조직이 나타난다고 해도 석진호가 있는 이상 감히 소란을 일으키지 못할 터였다.

"도련님 분위기가 평소와 살짝 다른 거 같지 않아?"

"글쎄, 난 모르겠는데?"

"어제와 조금 다른 것 같은데. 나만 그렇게 느끼는 건가?"

시장조사를 위해 아침부터 다 함께 외식을 하러 나온 소하정이 고개를 갸웃거렸다.

왠지 모르게 평소와는 다른 느낌이 들어서였다.

그래서 그녀는 묻듯이 정마룡을 쳐다봤다.

"저, 저는 잘 모르겠는데요."

"근데 왜 말을 더듬어?"

"갑자기 쳐다봐서 그래요."

정마룡이 소하정의 시선을 피했다.

그런데 그 모습이 티 날 정도로 수상했다.

"뭐야, 그게."

"잠을 좀 설쳐서."

석진호가 암살 시도에 대해서 함구하라고 했기에 정마룡은 대충 얼버무렸다.

사실을 말해 줄 수 없기에 거짓말을 하며 앞으로 걸어갔다.

아예 도망치는 쪽을 선택한 것이다.

"수상한데."

"제가 보기에도요."

"그치?"

"예."

게슴츠레한 눈으로 정마룡의 뒷모습을 쳐다볼 때 채소설이 맞장구를 쳤다.

무인환생

그녀가 보기에도 오늘의 정마룡은 평소와 많이 달랐다.

"여자가 생겼나?"

"으에?"

"왜? 마룡이도 이제 열아홉 살인데. 장가갈 나이가 됐지. 성격도 좋고, 능력은 시간이 좀 더 필요할 것 같지만."

경기하듯 괴상한 소리를 내는 채소설을 보며 소하정이 빙긋 웃었다.

수다스러운 것만 빼면 정마룡도 좋은 남자라고 생각해서였다.

행동과 달리 책임감도 있었고 말이다.

게다가 남편으로서 가장 중요한 성실함도 갖췄다.

"마룡 오빠가 결혼이라니. 상상이 안 가요."

"사실 나도 아직은 좀 그래. 근데 슬슬 생각할 때는 되었지. 도련님도 마찬가지고."

"근데 갑자기 웬 외식이에요? 아침부터 나가서 먹었던 적은 없었잖아요."

아침임에도 북적거리는 저잣거리를 거닐며 채소설이 조심스럽게 물었다.

먹을 게 없는 것도 아니고 소하정이나 자신이 아픈 것도 아닌데 밖에서 먹자고 하자 이상했던 것이다.

"우리는 시장조사를 하러 나온 거야. 겸사겸사 매물도 확인해 보고."

"매물요?"

"응. 도련님이 객잔을 하나 인수하려고 하시거든. 큰 거 말고 적당한 것으로. 그래서 당분간은 외식이 잦을 거야."

"객잔요?"

채소설이 두 눈을 크게 떴다.

상상도 하지 못한 말에 놀란 것이다.

그리고 그건 옆에서 조용히 따라 걷던 채소강도 마찬가지였다.

아무리 작은 객잔이라고 하더라도 가격이 결코 싸지 않다는 걸 알기에 채소강은 놀란 눈으로 소하정을 쳐다봤다.

"응. 우리 도련님이 은근히 돈이 많거든. 수완도 좋으시고. 게다가 상가 출신이라 상재가 없지는 않으실 거야."

"우와."

채소설이 눈을 빛냈다.

채용이 되기는 했지만 사실 채소설은 걱정이 많았다.

무관을 연 지 시간이 꽤 지났음에도 딱히 찾아오는 사람이 없어서였다.

그래서 망하지는 않을까 걱정했는데 객잔을 인수할 정도의 자금이 있다고 하자 채소설은 놀라면서도 안도했다.

"이 녀석. 너 우리가 망할까 봐 걱정했구나?"

"그, 그런 게 아니라요."

"근데 말은 왜 더듬어?"

무인환생

"죄송해요."

채소설이 황급히 고개를 꾸벅 숙였다.

어찌 됐든 소하정의 입장에서는 충분히 기분 나빠할 수 있는 부분이라 생각해서였다.

그런데 그녀의 걱정과 달리 소하정은 웃으며 채소설의 손을 잡아 주었다.

"괜찮아. 걱정하는 것도 이해가 가니까. 자급자족한다고 하지만 들어오는 돈보다 나가는 돈이 더 많은 것처럼 보였을 테니까. 근데 진짜 걱정할 필요 없어. 도련님께서 가진 돈이 꽤 많거든. 자세히 말해 줄 수는 없지만 말이야."

"제가 주제넘었어요. 죄송해요."

"괜찮다니까."

연신 머리를 숙이는 채소설을 소하정은 달래 주었다.

반대 입장이었어도 충분히 그랬을 수 있다고 생각했기에 소하정은 웃으며 고개를 저었다.

"오늘은 저기로 가자."

"외진 곳이네요?"

어색해지는 분위기를 털어 내 주려는 듯 끼어드는 석진호의 말에 소하정이 고개를 돌렸다.

그런데 석진호가 가리킨 곳을 본 그녀는 미간을 좁혔다.

"왜 장사가 안되는지도 조사해 봐야지. 의외로 쓸 만한 인재가 있을 수도 있고."

"그렇게 말씀하시니까 도련님이 달라 보여요."

"나도 할 때는 제대로 해."

"그거야 잘 알지만요. 제 말은 석가장 사람 같다는 뜻이었어요."

"굳이 석가의 피가 아니더라도 이 정도는 기본 아닌가."

피식 웃은 석진호는 이내 성큼성큼 객잔 안으로 들어갔다.

그러자 졸고 있던 점소이 하나가 헐레벌떡 달려왔다.

"어서 오세요! 편하신 데 앉으시면 됩니다!"

"제일 잘나가는 음식으로 열 개만 가져와 봐."

"바로 준비해 드리겠습니다!"

차림표도 보지 않고 음식을 열 개나 시키는 모습에 점소이가 우렁차게 대답한 후 주방으로 달려갔다.

첫손님부터 큰손이 오자 들뜬 것이었다.

하지만 신난 점소이와 달리 석진호는 손님 하나 없이 휑한 일 층을 찬찬히 둘러봤다.

특히 탁자나 의자 같은 기물을 살폈는데, 하나같이 오래되고 관리가 잘 안되어 보였다.

"기물 관리가 잘 안되어 있네요. 이런 건 조금만 손보면 바로 사용할 수 있는데."

높이가 안 맞아 앞뒤로 흔들리는 의자를 다른 의자로 바꾸며 정마륭이 인상을 썼다.

아무리 장사가 안된다지만 그래도 너무 관리를 안 하는 것 같아서였다.

"으, 기름때. 미끄덩거려."

"입맛이 싹 달아나요."

소하정이 인상을 찌푸리며 탁자 곳곳을 손가락으로 긁었
다.

그리고 그건 채소설도 마찬가지였다.

아무래도 여자이다 보니 위생에 민감한 모습을 보였다.

"……저도 나름 비위가 좋은 편인데 이건…….."

"으음!"

정마륭에 이어 탁윤도 얼굴을 굳혔다.

위생 상태가 이런데 제대로 된 음식이 나올까 의심되었던
것이다.

"꼭 다 먹을 필요는 없어. 이상하다 싶으면 맛만 보고 나갈
거야."

"그건 돈이 아까운데요."

"얼마나 한다고. 그리고 억지로 먹어서 탈나면 그게 더 손해
야. 우리는 시장조사를 하러 나온 거지 배 채우러 온 게 아냐."

"그건 그렇지만."

소하정이 그래도 아깝다는 표정을 지었다.

힘들게 번 돈을 너무 쉽게 쓰는 것 같아서였다.

물론 합당한 이유가 있는 소비였지만 그래도 여기 객잔에
서 쓰기에는 너무 아깝다는 생각이 들었다.

"음식 나왔습니다!"

석진호를 제외한 모두가 눈살을 찌푸리고 있을 때 주문을 받았던 점소이가 큰 쟁반에 음식 다섯 개를 담아서 가져왔다.

볶음과 튀김, 탕과 구이 등 구색이 제법 맞춰진 모양새였지만 탁자에 놓인 음식들을 쳐다보는 일행의 눈빛은 썩 좋지 않았다.

위생에서 심하게 실망을 했기에 아무리 맛있는 향기가 나도 관심을 보이지 않았던 것이다.

"나머지 음식도 바로 가져다드리겠습니다!"

하지만 점소이는 그런 낌새를 느끼지 못한 듯 활기찬 음성으로 다시 주방 쪽으로 달려갔다.

석진호는 그런 사소한 것들도 확인했다.

"일단 맛은 봐야겠지?"

"제가 먼저 먹겠습니다."

"저도요. 일단은 음식이니까요."

선뜻 젓가락을 들지 않는 일행의 모습에 석진호가 솔선수범하겠다는 듯이 손을 들었다.

그러자 채소강과 채소설이 뒤따라 젓가락을 들었다.

위생 상태가 심히 의심이 가지만 그래도 음식이었다.

먹을 게 없어 하루 종일 쫄쫄 굶었던 시절을 떠올리면 이런 음식은 진수성찬이나 마찬가지였기에 둘은 거침없이 채

武人還生
무인환생

소볶음과 생선튀김을 한 점 집어 입에 넣었다.

"음, 맛은 나쁘지 않은데?"

"그냥저냥. 예전이었으면 엄청 감탄하면서 먹었겠지만……."

정확하게 맛을 평가해야 했기에 꼭꼭 씹으며 맛을 보던 두 남매가 고개를 갸웃거렸다.

맛이 없는 건 아니었지만 그렇다고 또 맛있다고 평가할 정도는 아니라고 생각해서였다.

아니, 어쩌면 기대치가 한없이 낮았기에 평타인 것처럼 느껴지는 것일지도 몰랐다.

"그럼 우리도 먹어 보자."

"예."

뒤이어 정마룡과 탁윤도 각자의 취향대로 음식을 덜어 입에 가져갔다.

그런데 표정이 두 남매와 놀랍도록 흡사했다.

"못 먹을 정도는 아닌데, 솔직히 말하면 그저 그런 정도? 왜 장사가 안되는지 알 수 있다고나 할까."

"무난하네요. 근데 솔직히 돈 주고 먹을 정도는 아닌 것 같습니다."

탁윤이 그 어느 때보다 진지한 어조로 말했다.

먹는 걸 좋아하는 만큼 음식 앞에서는 의외로 냉정한 사람이 탁윤이었다.

없을 때야 먹을 수 있다는 사실에 감사하며 먹었지만 지금은 예전과 상황이 많이 달라졌다.

"유모 때문에 너희 입이 고급화되어서 그래."

"어머어머, 갑자기 웬 금칠이세요."

"내가 언제 거짓말하는 거 봤어? 유모도 먹어 봐."

"그럼 저도."

갑작스러운 석진호의 칭찬에 얼굴을 살짝 붉힌 소하정이 숟가락을 들어 전복탕을 한 수저 떴다.

누가 봐도 바가지를 씌울 요량으로 비싼 전복탕을 내온 게 뻔히 보였지만 그래도 바닷가 근처인 만큼 신선할 거라 생각한 그녀는 조심스레 국물을 입으로 가져갔다.

"……."

"기대 이하인가 본데."

"……여기는 식재료를 모욕하는 객잔이에요."

"오늘 숙수의 몸 상태가 안 좋을 수도 있지."

"자기 관리도 실력이에요."

소하정이 단호하게 말했다.

훌륭한 식재료를 가지고도 요 정도 맛밖에 내지 못한다는 사실에 소하정은 화가 나는 듯 눈꼬리를 한껏 치켜올렸다.

그러고는 시키지도 않았는데 먼저 다른 요리를 맛봤다.

"나머지 요리도 나왔습니다……?"

남은 다섯 개의 요리를 커다란 쟁반에 담아 가져오던 점소이가 순간 눈알을 굴렸다.

무인환생

두 개의 탁자를 붙여서 먹고 있는 일행의 표정이 심상치가 않자 긴장한 것이었다.

그러면서 점소이는 마른침을 삼켰다.

'너, 너무 티가 났나?'

오랜만의 손님이라 열 개의 음식 중 일곱 개를 재고 처리 하듯 만들었다.

그런데 그 사실을 알아챈 것 같았다.

'이래서 반만 해야 한다고 말한 건데……'

빠르게 일행을 훑은 점소이가 억지 미소를 지었다.

이런 때일수록 더욱 침착하게 나가야 한다는 걸 알았기에 점소이는 최대한 아무렇지 않은 얼굴로 탁자에 가져온 음식 들을 내려놓았다.

"맛있게 드세요!"

웃는 얼굴로 빠르게 음식들을 내려놓은 점소이는 왔을 때 보다 더욱 잽싸게 도망쳤다.

일단은 자신의 몸부터 피할 생각이었다.

"더 먹을 필요가 있을까요?"

"맛만 보는 거지. 이런 음식들에서도 배울 게 있으니까."

실망이 가득한 얼굴로 수저를 내려놓은 소하정과 달리 석 진호는 무덤덤한 얼굴로 새로 나온 음식들도 한 점씩 입에 넣었다.

그러나 역시 하나같이 예상한 맛이었다.

평이하기 짝이 없는 맛에 석진호는 젓가락을 내려놓았다.

'여기에 파의 향이 좀 더 강렬했으면 훨씬 더 맛이 풍부했을 텐데.'

석진호가 입맛을 다셨다.

작게는 하나가, 많게는 두세 가지 부분이 아쉬워서였다.

그러다가 석진호는 문득 깨달았다.

자신의 미각이 의외로 뛰어나다는 사실을 말이다.

'그러고 보니 나, 먹어 본 음식들이 엄청나게 많잖아?'

석진호가 눈을 껌뻑였다.

수없이 이어진 환생 덕분에 그가 살아온 세월 역시 어마어마하게 길었다.

게다가 석진호는 천하 각지에서 새로운 삶을 살았기에 알고 있는 식재료와 음식도 많았다.

'이런 식으로도 쓸모가 있을 줄이야.'

처음 객잔을 인수하기로 마음먹은 이유는 다른 게 아니었다.

돈을 더 벌어야겠다는 생각보다는 소하정 때문이었다.

석풍표국을 시작으로 관도가 차차 늘어날 게 분명한 만큼 소하정의 일거리 역시 덩달아 많아질 게 분명했다.

그래서 석진호는 생각했다.

어떻게 하면 소하정의 일을 덜어 줄 수 있을까.

게다가 숙소도 문제였다.

무인환생

그러다가 생각난 것이 객잔이었는데, 음식을 감당할 수 있는 것은 물론이고 숙소로도 사용이 가능한 게 바로 객잔이었다.

거기다 관도의 수가 적어지더라도 객잔은 객잔 나름대로의 장사를 할 테니 손해가 그리 크지 않을 거라는 생각이 있었다.

'근데 전생의 경험을 활용하면, 본전 유지 이상도 가능하겠는데?'

석진호의 눈이 빛났다.

자신의 경험을 잘만 활용한다면 본전치기가 아니라 제법 쏠쏠한 이익을 볼 수도 있을 것 같아서였다.

물론 장사라는 게 결코 쉽지 않다는 걸 석진호도 알고 있었다.

하지만 승천무관과 연계를 한다면 손해는 크게 보지 않을 것 같았다.

'애초에 규모를 크게 시작하는 것도 아니니까.'

석진호가 생각한 객잔의 크기는 삼 층 내지 사 층이었다.

일이 층은 식당으로 사용하고 삼사 층은 객실로 활용하는.

그 정도 규모라면 운영하는 데 크게 손해를 보지 않을 것이었기에 석진호는 나쁘지 않다고 생각했다.

"무슨 생각을 그렇게 하세요?"

"아, 장사에 대해서. 좀 새로운 걸 깨달았다고나 할까."

"정말요?"

"응. 근데 다들 딱히 손이 안 가는 모양이네?"

석진호가 탁자에 놓인 음식들을 둘러봤다.

그런데 죄다 반 이상 남아 있었다.

"너무 맛없어요."

"그럼 이번에는 사람이 적당히 있는 곳으로 가 보자. 기다려야 하는 곳은 나중에 가 봐도 되니까."

"근데 아깝긴 해요. 음식이 아니라 돈이."

소하정이 얼굴 가득 아깝다는 표정을 지었다.

한 끼 식사에 연연할 정도로 궁핍하지 않다는 것은 알지만 그래도 아까운 건 어쩔 수 없었다.

"공부한 셈 치면 된다니까. 오늘 음식만 보러 온 것도 아닌데. 값은 충분히 치렀어. 그러니 나가자."

"예, 도련님."

석진호가 자리에서 일어나 소하정을 비롯한 일행 모두가 뒤를 따랐다.

이제는 작은 목장이라고 해도 과언이 아닐 정도로 각종 가축들로 가득한 뒷마당에 도착한 채소강은 익숙하게 먹이를 배식하며 한곳에 몰았다.

그러고는 능숙하게 암탉이 낳은 알과 꿩알을 챙겼다.

닭들의 숫자는 그대로인데 꿩들은 하루가 다르게 많아져 주워야 하는 알도 덩달아 늘어났다.

"꿩들은 보통 사람 손에 발견된 곳에 알을 안 낳는다고 하는데 이것들은 왜 이렇게 많이 낳는 건지."

주워도 주워도 끝이 없는 꿩알에 채소강이 투덜거렸다.

중간중간 지들끼리 밟아서 깨진 알도 있었는데 그것도 적당히 치워 줘야 했다.

하지만 역시 가장 큰일은 분뇨를 처리하는 일이었다.

"그래도 막상 하면 뿌듯하단 말이지. 일단 음식 걱정은 없으니까."

염소와 토끼, 거기에 말 두 마리가 느긋하게 돌아다니는 풍경을 보며 채소강이 흐뭇한 표정을 지었다.

보고만 있어도 배가 부른 느낌이 들어서였다.

그러면서 채소강은 슬슬 구역을 나눠야 하지 않을까 하는 생각이 들었다.

처음에야 숫자가 적었기에 딱히 구역을 구분할 필요가 없었지만 지금은 달랐다.

"특히 저놈의 꿩들. 그냥 산으로 돌아가지 왜 여기로 기어 들어 와서는……."

채소강이 매서운 눈으로 꿩들을 노려봤다.

하지만 그의 시선을 느끼지 못하는 것인지 아니면 무시하는 건지, 꿩들은 지들끼리 모여 다니거나 날아다니기 바빴다.

냐아옹.

그때 목장의 주인이자 황제라고 할 수 있는 흑휘가 나타났다.

늘 그렇듯이 도도한 걸음걸이로 울타리 위에 올라간 흑휘는 가만히 앉아서 채소강을 쳐다봤다.

"아, 안녕?"

자신을 쳐다보는 흑휘의 시선에 채소강이 어색하게 손을 들며 인사했다.

그러나 도도한 흑휘는 그의 인사에도 대답하기는커녕 털을 핥으며 몸단장을 하기 시작했다.

"하하하."

자신을 무시하는 듯한 행동이었지만 채소강은 딱히 기분 나빠하지 않았다.

처음부터 이랬었기에 딱히 신경 쓰지 않았던 것이다.

여동생인 채소설이야 귀엽다며 어떻게든 안아 보려고 갖은 애를 썼지만 그는 아니었다.

"일하자, 일."

자신 쪽에는 일절 시선조차 주지 않고 몸단장에 신경 쓰는 흑휘를 일별한 채소강은 잠시 멈추었던 일을 다시 시작했다.

엄연히 일꾼으로 고용된 만큼 채소강은 자신이 맡은 바 일을 허투루 하지 않았다.

武人還生
무인환생

열네 살의 나이에 일자리를 구하는 게 쉽지도 않을뿐더러 이 정도의 삯을 받는다는 건 불가능에 가까웠다.

그 사실을 너무나 잘 알기에 채소강은 조금도 투정하지 않고 묵묵히 일했다.

'나도 배우고 싶다.'

유일하게 의지할 수 있었던 할머니가 돌아가신 순간 채소강은 세상이 무너지는 것 같은 느낌이 들었다.

하지만 그는 슬퍼할 겨를이 없었다.

아직 어린 여동생이 있었기 때문이다.

그래서 어떻게든 일자리를 구하기 위해 돌아다녔지만 울타리가 없는 남매에게 세상은 냉혹했다.

고작 열네 살짜리가 할 수 있는 일은 별로 없었다.

있어도 두 남매가 딱 근근이 먹고살 정도였기에 채소강은 염치 불고하고 소하정을 찾아갔다.

늘 두 남매를 살갑게 대해 주었기에 혹시나 도움을 받을 수 있을까 싶어서였다.

물론 그렇게 가기까지 수도 없이 고민했지만 결과적으로는 최고의 선택이었다.

그런데 먹고사는 걱정이 사라지자 채소강은 한 가지 소망이 슬금슬금 올라왔다.

'나도 무공을 배우고 싶어.'

가장이자, 여동생을 성년까지 무사히 키워야 하는 의무가 채소강에게는 있었다.

그리고 오빠로서 늘 든든히 채소설을 지켜 주고 싶었다.

시집을 가서 아이를 낳더라도 말이다.

그러기 위해서는 힘을 가져야 했다.

'하지만 이렇게나 잘 챙겨 주시는데…….'

마음속으로, 상상으로는 수도 없이 부탁했다.

그러나 막상 석진호를 마주하면 입이 떨어지지 않았다.

아무것도 없는 두 남매를, 그것도 피 한 방울 섞이지 않은 둘을 거둬 준 이가 석진호였다.

그런데 무공까지 가르쳐 달라고 하기에는 염치가 없었다.

"하아."

결국 고민의 끝에 나오는 것은 깊은 한숨뿐이었다.

아무리 고민해 봤자 답은 나오지 않았다.

아니, 나와 있었으나 채소강은 좀처럼 받아들이지 못했다.

"이렇게 했던가? 마륭 형이 이런 식으로 휘둘렀던 것 같은 데."

분뇨를 퍼 나르던 채소강이 삽을 들고서 진지한 표정을 지었다.

매일같이 수련하는 정마륭의 모습을 떠올리며 따라 했던 것이다.

하지만 호쾌한 파공음을 내던 정마륭과 달리 그가 휘두르는 삽은 느리게 허공을 갈랐다.

무인환생

"역시 체력 훈련부터 해야 하나. 기본이 가장 중요하다고 하셨는데."

몇 차례 정마룡의 혼쾌십삼식을 따라 하던 채소강은 이내 고개를 저었다.

어깨너머로 본 걸로는 초식의 진의를 알 수 없다는 걸 새삼 깨달아서였다.

거기다 형(形)도 봤다고 해서 쉽게 따라 할 수 없기에 이내 채소강은 체력을 기를 생각으로 끊임없이 움직이며 분뇨를 퍼서 손수레에 담았다.

그러나 채소강은 몰랐다.

멀리서 그를 바라보는 한 쌍의 시선이 있었음을 말이다.

냐아옹!

창가에 서서 뒷마당을 내려다보는 석진호를 향해 흑휘가 만져 달라는 듯이 몸을 발라당 뒤집었다.

배를 보이며 앞발을 내밀었던 것이다.

하지만 그럼에도 석진호의 시선은 여전히 창밖을 향해 있었다.

냐아아옹!

그 모습에 흑휘가 다시 한번 몸을 뒤집었다.

방금 전보다 더 크게 울면서 말이다.

"애교 부려도 백 년짜리 조개는 없어."

석진호가 피식 웃으며 말했다.

몇 번 챙겨 주었더니 틈만 나면 달라고 하는 것 같아서였다.

물론 맛도 좋고 몸에도 더할 나위 없이 좋지만 너무 자주 먹는 건 좋지 않았다.

딱 감당할 수 있을 정도로만 섭취하는 게 가장 좋았다.

냐아앙.

그런데 흑휘는 조개를 달라는 게 아니었다는 듯이 몸을 일으켜서 석진호의 다리에 머리를 비비적댔다.

순수하게 쓰다듬을 당하고 싶다는 듯이 말이다.

하지만 조르는 흑휘의 모습에도 석진호는 이내 손수레를 끌고서 텃밭으로 향하는 채소강을 주시했다.

"흐음."

채소강은 말만 하지 않았을 뿐이지 무공을 배우고 싶은 티는 수도 없이 내고 있었다.

수련하는 탁윤과 정마룡을 매일같이 뜨거운 눈으로 쳐다보는데 못 알아채는 게 오히려 더 이상할 터였다.

"유모에게 붙일 수신 호위가 필요하긴 한데 말이지."

석진호가 턱을 쓰다듬었다.

안 그래도 암살 시도 이후 석진호는 수신 호위가 필요하다는 생각을 하고 있었다.

평소에는 자신이나 탁윤, 흑휘가 있지만 앞으로는 부득이

무인환생

하게 떨어져 있어야 할 때가 분명히 올 터였다.

그렇기에 석진호는 진지한 얼굴로 채소강의 몸 곳곳을 살폈다.

"근골은 나쁘지 않아. 성실함과 의지야 두말할 필요도 없고. 근데 오성이 조금 아쉽군."

모든 것을 따졌을 때 채소강의 자질은 상급이라 할 수 없었다.

그러나 탁윤과 정마룡과 비교하면 상당히 좋은 편이었다.

게다가 나이 역시 어리니 둘보다 훨씬 일찍 시작할 수 있었고.

홀쩍!

거기까지 생각이 닿은 석진호가 창문 밖으로 몸을 날렸다.

그리고 그 뒤로 흑휘가 번개같이 따랐다.

내부 공사가 끝난 건물 앞에 선 소하정이 두 눈을 휘둥그레 떴다.

입구에 달려 있는 현판에 너무나 익숙한 두 글자가 양각되어 있자 놀란 것이었다.

"도련님, 객잔 이름이……?"

"맞아. 유모 이름에서 따왔어. 정확하게는 객잔 주인의 이름에서 따왔다고나 할까."

"주, 주인요?"

소하정의 얼굴에 황망한 기색이 서렸다.

이런 말은 전혀 들은 바가 없기에 소하정은 격렬하게 흔들리는 눈으로 석진호를 쳐다봤다.

"응. 유모에게 주는 선물이야."

"예에에?"

"뭘 그리 놀라, 이 정도 가지고. 앞으로 받을 선물이 수두룩한데."

화들짝 놀라는 소하정을 향해 석진호가 대수롭지 않게 말했다.

그동안 소하정에게 받은 것을 생각하면 이건 정말 아무것도 아니어서였다.

하지만 그녀는 생각이 다른지 두 손으로 가슴을 짓눌렀다.

"제가 받기에는 너무 지나친 거 같아요. 그냥 제 이름만 쓰는 게 낫지 않을까요?"

"주인이라고 해서 운영과 관리에 일일이 신경 쓸 필요 없어. 유모는 보고만 받으면 돼. 틈틈이 금전출납부를 확인하고. 그러니까 일이 어렵지는 않을 거야. 시간도 그리 많이 빼앗기지 않을 거고."

"그래도……."

소하정이 말끝을 흐렸다.

무인환생

비교적 작은 규모라고 하나 객잔은 객잔이었다.

고용되어 있는 인원만 해도 일곱 명이나 되었기에 소하정은 부담스러운 표정을 지었다.

"이것도 다 경험이야. 하다 보면 느니까 걱정하지 마. 나도 도와줄 거고."

"저희도 도와드리겠습니다!"

"말씀만 하세요."

석진호에 이어 정마룡과 탁윤도 웃으며 거들었다.

그 모습에 소하정의 눈가가 촉촉해졌다.

"좋은 날 울지 말고. 공사 끝나고는 나도 처음이니까 다 같이 둘러보자."

툭 건들면 울 것 같은 소하정을 자연스럽게 이끌고서 석진호는 하정객잔 안으로 들어갔다.

그런데 미리 와 있었는지 숙수부터 시작해서 보조 숙수, 점소이들, 그리고 객실을 담당할 인원까지 모두 입구에 모여 있었다.

"안녕하십니까!"

"앞으로 잘 부탁드립니다, 객잔주님!"

"열심히 일하겠습니다!"

"뽑아 주셔서 감사합니다!"

숙수를 제외한 대부분이 다들 젊다기보다는 어린 느낌이 강했다.

가장 연장자인 숙수도 다른 객잔이나 객점과 비교하면 나이가 많은 편은 결코 아니었다.

한데 젊은 피가 주축이 되어서 그런지 분위기는 나쁘지 않았다.

"일 제대로 안 하면 바로 자를 거니까 알아서들 잘해. 객잔 주는 유모지만 나에게 그 정도 발언권이 있다는 거, 다들 알고 있지?"

"무, 물론입지요."

숙수가 대표로 대답했다.

그러나 땀을 삐질삐질 흘리는 건 모두가 똑같았다.

석진호의 성격에 대해서 모르는 이는 아무도 없어서였다.

특히 얼마 전에는 뒷골목을 혼자서 다 쓸어 버렸기에 다들 바짝 긴장한 얼굴로 자세를 바로 했다.

"왜 그렇게 겁을 줘요. 개업 첫날부터."

"겁을 주는 게 아니라 다시 한번 주입시키는 거야. 일 똑바로 하라고. 유모가 싫은 소리를 잘 못 하는 거 아니까 내가 말하는 거고."

"알았으니까 둘러봐요."

이 모든 게 자신을 위한 것임을 알기에 소하정은 웃으며 석진호를 이끌었다.

일 층부터 이 층까지 탁자며 의자를 꼼꼼히 살핀 그녀는 이어서 삼 층의 객실도 방 하나하나 세심하게 살펴봤다.

무인환생

"청소는 매일 이렇게만 되면 좋겠다."

"그리할게요."

"너무 무리하지는 말고. 인력이 부족하면 언제라도 얘기하고."

"네."

객실을 담당하는 스무 살 남짓의 여인이 곱게 웃으며 고개를 주억거렸다.

소하정이 직접 면접을 보고서 뽑은 아이였는데, 손도 빠르고 야무진 걸로 석진호는 기억했다.

게다가 소하정이 알아서 잘 확인했기에 석진호는 처음 말고는 딱히 입을 열지 않았다.

"이제 관도들만 오면 되겠네요."

"곧 올 거야. 일단은 스무 명 정도만 골라서 보낸다고 했으니까."

"생각보다 적은데요?"

"처음부터 너무 많아도 안 좋아. 그리고 우리는 단 셋뿐이라는 걸 잊으면 안 돼."

"아하!"

정마륭이 고개를 주억거렸다.

석풍표국의 규모만 생각했지 승천무관의 상황은 감안하지 못했음을 깨달아서였다.

그러면서 정마륭은 기대가 되었다.

석가장의 일개 하인이었던 그가 이제는 어엿한 무공 교두가 되었다.

"또 이상한 생각 하는구만?"

"아닙니다!"

"아니긴. 표정이 다 말해 주는데. 안 그래?"

"맞습니다."

탁윤이 맞장구를 쳤다.

표정만 봐도 정마룡이 무슨 생각을 하는지 그는 알 수 있어서였다.

"도련님! 이번에는 주방에 가요. 일 층에서 주방을 둘러본다는 걸 깜빡했어요!"

"그래."

복도에 있는 사이 순식간에 객실을 다 훑었는지 소하정이 발 빠르게 다시 일 층으로 내려갔다.

부담스러워했던 게 거짓말인 것처럼 소하정은 힘이 넘쳤다.

"텃밭을 가꾸던 것보다 더 의욕적이신 것 같아요."

"아무래도 밭일은 심심하니까. 소설이가 함께 있어 주기는 하지만 사람들하고 어울리는 느낌은 안 나지."

"저기……."

석진호를 따라 계단을 내려오던 탁윤이 머리를 긁적였다.

무언가 고민이 있는 듯한 모습에 석진호가 탁윤을 쳐다봤

무인환생

다.

"편하게 말해. 다른 사람은 몰라도 윤이 너는 나한테 그럴 자격이 있어."

"막 거창한 건 아니고요. 조금 걱정이 되어서요."

"뭐가?"

부리나케 주방에 들어가 식재료의 신선도며 식기들의 위생 상태, 그리고 각종 양념들을 담아 놓은 통들을 확인하는 소하정을 주시하며 석진호가 물었다.

그런데 탁윤은 선뜻 입을 열지 않았다.

"어, 제가 다른 사람을 가르칠 만한 자격이 있는지 의심이 들어서요. 더구나 저는 내공도 아니고 외공을 익혔잖아요."

"내가 너와 마릉이에게 원하는 건 그런 수준이 아냐. 너희가 지금까지 해 왔던 기초를 가르치라는 거지. 솔선수범도 보이면서. 너희 둘은 관도들의 기본만 다져 주면 돼. 나머지는 내가 할 거니까 걱정할 필요 없다. 근데 윤이 너도 은근히 무공 교두라는 감투가 좋은 모양이야? 그렇게 부담스러우면 못 하겠다고 하기 마련인데 고민을 한 걸 보면."

"그, 그건!"

탁윤의 얼굴이 붉어졌다.

정곡을 찌른 말에 당황한 것이었다.

하지만 석진호의 눈에는 그 모습도 귀엽게 보였다.

"나무라는 거 아냐. 오히려 나는 보기 좋은데. 사람인데 당연히 욕심이 있을 수밖에. 때로는 본능에 충실하는 것도 중요해. 너무 억누르면 나중에 병이 오거든. 여기에."

석진호의 손이 탁윤의 가슴에 닿았다.

그러자 탁윤이 눈을 동그랗게 떴다.

"가슴에요?"

"정확히는 마음에. 그리고 마음에 생긴 병은 정말 치료하기 힘들어. 다친 곳은 치료하면 멀쩡해지지만 마음은 그렇지가 않거든. 윤이 너도 옆에서 봤잖아."

"……"

탁윤의 표정이 어두워졌다.

죽기 직전까지 갔던 석진호의 모습이 떠오른 것이다.

"그러니까 하고 싶은 일 있으면 언제든지 말해. 가슴에 담아 두지만 말고."

"저는 지금도 충분히 행복합니다, 공자님. 아니, 관주님."

"지금은 그래도 나중에는 달라질 수 있으니까. 그러니 생기면 끙끙 앓지 말고 바로 말해. 알았지?"

"예."

탁윤의 등을 두어 번 두드려 준 석진호는 이내 주방에 있는 뒷문을 통해 밖으로 나갔다.

짬이라 불리는 잔반 처리는 물론이고 식재료를 손질하면서 나오는 이런저런 찌꺼기들을 잘 처리하는지 확인하기 위해서였다.

武人還生
무인환생

"먼저 나오셨네요?"

"응. 주방은 어때?"

"썩 마음에 들지는 않지만 나쁘지도 않아요."

"그럼 장사 시작하자."

"네! 아, 그리고 도련님. 고마워요. 절 이렇게 신경 써 주셔서요."

소하정이 고개를 푹 숙였다.

한참이나 어린 석진호에게 이런 커다란 선물을 받자 기쁘기도 하고 대견스럽기도 했다.

그래서 그녀는 꼭 말하고 싶었다.

"고맙긴. 고마운 건 나야. 유모 덕분에 내가 살아 있는 것이나 마찬가지니까. 그러니 유모는 그냥 누리기만 해. 그래야 나도 행복하니까."

이제는 사라진 육신의 원래 주인을 떠올리며 석진호가 말했다.

마지막 눈감는 그 순간까지도 유모와 탁윤에게 미안해하던 감정은 아직도 그의 가슴에 고스란히 남아 있었다.

그렇기에 석진호는 웃으며 소하정을 꼭 껴안아 주었다.

늦은 오후 석진호는 홀로 집무실에 앉아 있었다.

평소답지 않게 심각한 얼굴로 말이다.

"이익은 나쁘지 않은데 조금 아쉽단 말이지."

개업한 하정객잔은 예상했던 대로 큰 수익을 내지는 못했지만 그래도 나쁘지 않게 운영되고 있었다.

적어도 손해는 보지 않았던 것이다.

하지만 석진호는 조금 아쉬웠다.

강력한 무기 하나만 있으면 황화현의 저잣거리를 휘어잡는 것도 불가능하지만은 않을 것 같다는 생각이 들어서였다.

"승천무관에서 가까워야 하기에 번화가에서는 조금 떨어져 있지만 그래도 위치는 나쁘지 않아. 맛도 잘되는 객잔들이랑 비교해서 크게 뒤떨어지지 않고. 근데 딱 거기까지야."

다른 곳도 아니고 소하정에게 준 객잔이었다.

또한 소하정의 이름을 걸고 장사를 하는 만큼 석진호는 황화현을 대표할 만한 객잔으로 만들어 주고 싶었다.

"음식 장사는 결국 단골 장사지. 그리고 단골을 잡을 수 있는 건 맛이고. 하지만 단순히 맛만 있어서는 단골들의 숫자를 늘릴 수 없어."

석진호가 탁자를 두드렸다.

평범한 식재료로 특별한 음식을 만들 수는 있었다.

그러나 문제는 결국 그 조리 방법을 다른 객잔에서 알아내서 따라 할 수 있다는 점이었다.

비율을 알아내는 데 고생은 하겠지만 비슷한 맛을 흉내 내

무인환생

는 건 어렵지 않을 테고, 그 말은 곧 한철 장사라는 뜻이었다.

"그렇다면 방법은 한 가지지. 따라 할 수 없는 아주 특별한 음식을 만들어야 해. 쉽게 구할 수 없는 식재료를 이용해서 말이지."

석진호의 두 눈이 번뜩였다.

박리다매라는 말이 있지만 푼돈을 모아서는 결국 푼돈밖에 되지 않는다.

또한 사람 입맛이라는 게 아무리 맛있는 것도 자주 먹으면 질린다.

그렇다면 비싸고 특별하며 자주 맛볼 수 없는 음식을 만들면 된다.

"오직 하정객잔에서만 먹을 수 있는 특별한 음식. 돈이 있어도 마음대로 먹을 수 없는 음식 말이지. 예약제로 판매하는 것도 나쁘지 않을 것 같고."

장인이라 불리는 대장장이의 경우 의뢰인의 요구에 맞춰서 병장기를 만들기에 일 년에 만드는 개수는 그리 많지 않다.

하지만 그럼에도 벌어들이는 수익은 상당하다.

오히려 시일이 얼마나 걸려도 좋으니 만들어 달라고 하는 이들이 수두룩했다.

석진호는 하정객잔도 그와 비슷하게 운영해야 한다고 생각했다.

"손님을 꾸역꾸역 끌어모으는 것보다는 제발 팔아 달라고 안달복달 만드는 게 더 좋지."

다만 문제는 어떻게 그리 만드냐는 것이었다.

그래서 석진호는 미간을 좁힌 채 상념에 빠졌다.

똑똑똑.

"도련님, 저예요. 들어가도 될까요?"

"어, 들어와."

그때 소하정이 그를 찾아왔다.

한데 기세가 심상치 않았다.

평소답지 않게 두 눈을 부리부리하게 빛내며 석진호의 앞에 앉았던 것이다.

"도련님하고 상의하고 싶은 게 있어서요."

"어떤 거?"

"우리가 객잔을 인수하기 전에 황화현의 모든 객잔과 객점, 그리고 음식을 파는 노점상들을 다 돌아다녔잖아요."

"그랬었지."

석진호가 고개를 끄덕였다.

그때 필요에 의해서 음식들을 다 사 먹었음에도 소하정에게 들은 잔소리가 엄청 났었다.

맛있는 음식이야 잘 먹었지만 맛없는 음식들은 대부분 반 이상 남겼었기에 잔소리가 이만저만이 아니었었다.

"그걸 곰곰이 떠올려 보며 고민하다가 한 가지 특이한 점

무인환생

을 발견했어요."

"어떤 건데?"

생각했던 것보다 훨씬 더 의욕적인 소하정의 모습에 석진호가 귀엽다는 표정을 지었다.

육체의 나이는 이제 열여덟 살밖에 되지 않았지만 정신적 나이로 따지면 석진호는 늙은이도 이런 늙은이가 없었다.

그렇기에 석진호는 손녀를 쳐다보듯이 소하정을 바라보며 말을 유도했다.

"매운맛이 없어요. 칼칼한 요리는 몇 개 있는데 눈물 나게 매운맛 음식이 없더라고요."

"생각해 보니 그런 것 같기는 하네. 근데 왜 매운맛이 없을까에 대해서는 한번 생각해 봤어?"

"예?"

"매운 요리가 없다는 걸 과연 유모가 처음 발견했을까?"

석진호의 반문에 소하정이 두 눈을 껌뻑거렸다.

이런 관점에서는 단 한 번도 생각해 보지 못했었기에 당황한 것이었다.

"그렇게 말씀하시니, 그러네요. 세상에 똑똑한 사람이 얼마나 많은데. 숙수들만 해도 수십 명이나 되고요."

"근데도 매운 음식이 별로 없다는 건 그만큼 찾는 사람이 없다는 뜻 아닐까?"

소하정의 얼굴이 어두워졌다.

동시에 쥐구멍에라도 숨고 싶은 마음이 들었다.

스스로 대단한 발견이라도 한 것처럼 굴었던 게 너무나 부끄러웠던 것이다.

"제 생각이 짧았어요……."

"사과할 필요까지는 없고. 나는 그저 다른 관점에서 말을 해 준 것뿐이니까. 내 생각이 확실한 것도 아니고. 그리고 이런 걸 떠나서 나는 유모가 열심히 연구하는 모습을 보니까 좋아. 진짜 객잔 주인 같다고나 할까."

"그래도 아직 실수투성이인 걸요."

"처음인데 당연히 실수할 수밖에 없지. 처음부터 잘하는 사람이 어디 있어? 다 시행착오를 겪으면서 연륜이 쌓이는 거지. 그리고 중요한 건 노력이야. 유모는 충분히 잘하고 있어. 개업한 지 얼마 안 되었지만 그래도 불평불만은 전혀 없잖아? 그게 다 유모가 아랫사람을 잘 다독이고 이끌어서야."

"갑자기 웬 금칠이세요."

소하정이 얼굴을 붉혔다.

하지만 석진호는 진심이었다.

석가장에서 살 때보다 훨씬 더 밝고 활동적으로 생활해서 그런지 그녀는 날이 갈수록 건강해지고 있었다.

알게 모르게 벌레들도 꼬여들고 있었고 말이다.

"사실을 말했을 뿐이야. 그러니까 한번 해 봐."

"매운 요리요?"

무인환생

"응. 새로운 음식을 개발하는 것도 중요해. 대표 음식을 유지하고 발전시키는 것도 중요하지만 새로운 음식이 있어야 또 다른 단골을 만들 수 있어. 그렇게 개발하다 보면 대표 음식이 늘어날 테고, 하정객잔도 번창하겠지."

"해 볼게요. 맡겨 주세요!"

"뭘 맡겨. 주인은 유모인데. 그리고 나도 차별화를 위해서 고민하고 있으니까 조금만 더 기다려 봐."

언제 기죽었냐는 듯이 의욕을 불태우는 소하정의 모습에 석진호가 빙그레 웃으며 말했다.

그러자 그녀가 천군만마를 얻었다는 듯이 석진호의 손을 붙잡았다.

"저 때문에 괜히 일을 벌이신 건 아닌지 모르겠어요."

"뭘 벌여. 유모도 알잖아. 승천무관을 위해서도 필요한 일이었어. 그러니 미안해하지마. 게다가 유모는 장유유서에 따라 첫 번째로 받은 것뿐이야. 윤이 것도 생각하고 있어."

"정말 저는 이제 죽어도 여한이 없어요, 도련님."

"그런 말은 함부로 하지 말고."

"호호! 농담이에요. 도련님이랑 윤이랑 천년만년 같이 살 거예요. 나란히 집을 지어서."

상상만 해도 기쁘다는 듯이 소하정이 밝게 웃었다.

그 모습에 석진호도 미소를 머금었다.

제25장 정식 개관

긴장한 얼굴로 채소강이 계단을 올라갔다.

갑작스러운 석진호의 호출에 채소강은 자신이 실수한 게 있나 곱씹었다. 아무리 편하게 대해 준다고 하지만 석진호는 남매에게 있어 고용주였다.

그렇기에 채소강은 속 편히 석진호를 찾아갈 수 없었다.

똑똑똑.

"관주님, 채소강입니다."

"들어와."

방 안에서 들려오는 담담한 목소리에 채소강은 침을 한번 삼키고는 문을 열었다.

그러자 고상하게 차를 마시고 있는 석진호의 모습이 눈에 들어왔다.

더불어 지정석이라도 되는 것처럼 석진호의 무릎 위에 편하게 엎드려 있는 흑휘도 보였다.

"부르셨다고 들었습니다."

"응. 물어보고 싶은 게 있어서. 심각한 거 아니니까 긴장하지 말고."

"예."

"이렇게 단둘이 대화하는 건 처음이지?"

누가 봐도 잔뜩 긴장한 모습의 채소강을 쳐다보며 석진호가 피식 웃었다.

어린 녀석이 쓸데없이 생각이 많은 것 같아서였다.

하지만 그렇기에 안쓰럽기도 했다.

철이 빨리 들었다는 뜻이니까.

"예."

"우선 한 잔 마셔."

"감사합니다."

석진호가 손수 따라 주는 차를 채소강은 두 손으로 받았다.

그러면서 연신 석진호의 얼굴을 살폈다.

"지내는 건 어때? 불편한 게 있으면 가감 없이 말해 봐."

"좋습니다. 소설이도 만족하고 있고요. 오히려 할머니와 살 때보다 더 편하게 지내고 있습니다. 살도 많이 붙었고요."

"확실히 보기 좋아지기는 했더라."

武人還生
무인환생

채소설 이야기를 해서 그런지 채소강의 얼굴에 미소가 떠올랐다.

전형적인 여동생 바보 같은 모습이었다.

"다 관주님과 객잔주님 덕분입니다."

"그것도 있지만 너희가 일을 잘해서 그런 거야. 일을 못했다면 상황은 지금이랑 많이 달랐겠지."

"앞으로 더욱 열심히 하겠습니다."

"그런 대답을 듣고 싶어서 한 말은 아니고. 너희는 이미 충분히 잘하고 있으니까 너무 무리하지 말고. 그보다 널 부른 건 한 가지 묻고 싶은 게 있어서야."

"저에게 말씀이십니까?"

찻잔을 내려놓으며 채소강이 반문했다.

그런 그의 표정에는 의아한 기색이 서려 있었다.

"너, 무공 배우고 싶지?"

"아, 아닙니다. 제 주제에 어찌……!"

"숨길 필요 없다. 눈에 다 보이니까."

"죄, 죄송합니다!"

채소강이 이마를 탁자에 닿을 정도로 숙였다.

하지만 벌렁거리는 심장은 멈출 기미를 보이지 않았다.

동시에 온갖 생각들이 그의 머릿속을 가득 채웠다.

"왜 사죄를 해. 죄를 지은 것도 아닌데."

"제, 제가 염치도 없이……."

"나무라려고 한 말 아니니까 허리 펴. 사람 뒤통수 보고 대화하는 취미는 없으니까."

"예에."

조금도 화난 것 같지 않은, 처음과 똑같이 담담한 목소리에 채소강이 눈치를 살피며 슬그머니 고개를 들었다.

그러나 석진호는 그를 쳐다보고 있지 않았다.

느긋한 자세로 흑휘를 쓰다듬으며 차를 홀짝였다.

"말했잖아, 묻고 싶은 게 있어서 불렀다고. 왜 무공을 배우고 싶은 거지?"

"어……."

"솔직하게 말해. 난 그저 네 생각이 궁금한 것뿐이니까."

"힘이 필요하다고 생각했습니다. 소설이를 지키고, 키울 힘이요. 돈은 버는 데 한계가 있고, 권력은 애초에 저에게 주어지지 않았으니 무공만이 그나마 가능성이 있다고 생각했습니다. 무공을 배우면 표사나 호위 무사 같은 일을 할 수 있으니까요. 임금도 높은 편이라 몇 년 고생하면 소설이를 풍족하게 시집보낼 수 있을 거라 생각했습니다."

떨리는 목소리로 채소강이 품고 있던 생각들을 차근차근 내뱉었다.

그러나 그 어디에도 자기 본인을 위한 내용은 없었다.

오직 여동생에 대한 계획들만 있자 석진호는 가슴이 무거워졌다.

무인환생

나이는 어려도 채소강 역시 가장임을 느낄 수 있어서였다.

"여동생을 위한 삶이라."

"이제 저에게는 소설이밖에 없습니다."

"이해해. 이 세상에서 유일한 가족이니까. 근데 문제는 무공을 어떻게 배우느냐겠지?"

"……."

채소강의 얼굴이 굳어졌다.

계획은 그저 계획일 뿐이었다.

그리고 인생은 결코 계획대로 흘러가지 않았다.

"네게 무공을 가르쳐 주마. 대신 그 무공으로 유모를 지켜 다오."

"예?"

"유모의 호위 무사가 되어 달라는 말이다. 그 대가로 나는 너에게 무공을 가르쳐 주마."

부르르르!

생각지도 못한 말에 채소강의 눈이 부릅떠졌다.

동시에 이게 꿈인가 하는 생각도 들었다.

하지만 떨리는 손과 따뜻한 바람은 지금이 현실임을 알려 주었다.

"강요하는 건 아니다. 그러니 고민해 보고 거절해도 된다."

"하겠습니다."

"너무 성급하게 결정하지는 말고. 만약 내가 네 인생을 저

당 잡으려고 하면 어떡하려고?"

"기회는 왔을 때 잡아야 한다고 할머니한테서 들었습니다. 물론 나중에 더 좋은 기회가 올 수도 있겠지요. 하지만, 이게 마지막일지도 모르지 않습니까."

채소강의 눈빛에는 조금의 우려도 담겨 있지 않았다.

인생은 한 치 앞날을 예상할 수 없는 만큼, 지금보다 더 좋은 기회가 올지도 모른다.

하지만 그건 말 그대로 가능성일 뿐이었다.

확신할 수 없는 가능성에 기대 눈앞의 확실한 기회를 놓친다면 나중에 피를 토하며 아까워할지도 몰랐다.

그리고 채소강은 결코 섣부르게 결정을 내린 게 아니었다.

얼마 안 되는 시간이었지만 승천무관에서 지내면서 그는 석진호에 대해서 알 수 있었다.

석진호가 자기 사람을 얼마나 살뜰히 챙기며 신경 쓰는지 말이다.

'자기 사람이라고 생각하는 사람은 확실하게 챙긴다.'

이번 하정객잔이 바로 그 예 중 하나였다.

그간의 고마움에 보답하기 위해 석진호는 통 크게도 객잔 하나를 소하정에게 선물했다.

그뿐만 아니라 탁윤과 정마룡을 챙기는 모습을 바로 옆에서 봤기에 채소강은 고민하지 않았다.

"진짜 고민하지 않는 눈이구나."

"객잔주님과 형들을 봐 왔으니까요."

"눈치는 있어. 그럼 무공을 익히는 게 생각처럼 쉽지 않다는 것도 알고 있겠지?"

"아침마다 형들과 함께 토악질을 할 각오는 되어 있습니다."

채소강이 다부진 표정으로 말했다.

평소 체력을 누구보다 중요시하는 게 석진호였다.

그로 인해 정마룡이 유독 오전 수련을 힘들어하는 걸 봐 왔지만 채소강은 두렵지 않았다.

세상에 공짜는 없다는 사실을 어린 나이지만 잘 알았기에 어떻게든 견딜 생각이었다.

'소설이를 위한 일이다. 그깟 고통스러움은 얼마든지 버틸 수 있어. 돈이 없어 추위와 배고픔에 덜덜 떨 때와 비교하면 훈련은 아무것도 아니다.'

채소강이 두 눈을 번뜩였다.

세 식구가 아사와 동사를 걱정하던 시절에 비하면 고된 훈련은 아무것도 아니었다.

때문에 채소강은 두렵지 않았다.

"부디 그 각오가 끝까지 갔으면 좋겠구나."

"행동으로 보여 드리겠습니다."

"그래."

철이 지나치게 일찍 든 것 같은 채소강의 모습이었지만 석진호는 그 점을 굳이 짚지 않았다.

그럴 수밖에 없다는 점을 알고 있었기에 석진호는 대신 채소강에게 가르칠 무공을 떠올렸다.

소하정의 호위 무사로 키우려는 것인 만큼 아무래도 무공은 탁윤이나 정마륭과는 다를 수밖에 없었다.

"저기, 관주님."

"궁금한 게 있으면 허심탄회하게 말해. 다른 이도 아니고 네 인생이 달린 문제이니까."

"저는 어느 정도의 무공까지 익힐 수 있을까요?"

조심스레 물어 오는 채소강의 모습에 석진호가 내심 피식 웃었다.

어떤 저의가 깔려 있는지 그는 단박에 알아차렸던 것이다.

하지만 정마륭과 거의 대부분의 시간을 함께하니 이렇게 물을 수밖에 없을 터였다.

"네 무재는 마륭보다 높다. 아니, 마륭이가 지나치게 낮은 거지. 지금이야 겨우겨우 평균에 올라온 셈이니."

"그렇다면……?"

"죽어라 노력한다는 가정하에 절정은 어렵지 않게 오를 거다. 그 이상은 너 하기 나름이지. 뭐, 모든 무공들이 마찬가지겠지만."

절정이라는 말에 채소강의 두 눈이 더 이상 커지기 힘들 정도로 커졌다.

초일류에만 오르더라도 감지덕지라고 생각했는데 그 이상

을 말하자 채소강이 몸을 떨었다.

"정말 열심히 하겠습니다!"

"두고 보겠어. 작심삼일일지, 아닐지."

"실망시켜 드리지 않겠습니다!"

기합이 바짝 들어간 채소강의 모습에 석진호는 옅게 웃으며 알고 있는 수많은 무공들을 하나하나 곱씹었다.

채소강에게 가르칠 무공을 고민했던 것이다.

늦은 오후 일단의 무리가 승천무관을 찾았다.

석덕월을 위시로 석풍표국의 사람들이 드디어 승천무관에 도착한 것이었다.

"여기가 승천무관!"

"이름은 좋다. 승천이라니."

"무관주님이 나도 승천시켜 주었으면 좋겠다."

묘하게 고풍스러운 분위기를 풍기는 승천무관에 도착한 석풍표국의 표사들이 주변을 두리번거렸다.

하나같이 기대감이 잔뜩 서려 있는 눈으로 승천무관을 살펴봤던 것이다.

"어서 오십시오, 대표두님!"

"관주는?"

"안에 계십니다."

"그새 더 강해졌구나."

마중을 나온 정마룡을 보며 석덕월이 헛웃음을 흘렸다.

어째 날이 갈수록 강해지는 것 같아서였다.

물론 그 차이가 크지는 않지만 중요한 건 나날이 발전한다는 것이었다.

"아시잖습니까, 저희 관주님이 얼마나 철저하신지."

"잘 알지."

"윤이는 손님들에게 안내 좀 해 줘. 숙소도 알려 주고."

"예."

석덕월을 응대하던 정마룡이 탁윤에게 지시를 내렸다.

각자 가지고 온 짐들을 보니 일단은 숙소부터 정해 줘야 할 것 같아서였다.

"들어가시죠."

"그래."

석진호가 객잔 하나를 인수했다는 사실을 알고 있었기에 석덕월은 딱히 묻지 않고서 정마룡을 따랐다.

잠시 후 석덕월은 접객실에 앉아 있는 석진호를 마주할 수 있었다.

"오시느라 고생하셨습니다."

"얘기는 들었다. 객잔을 하나 샀다고."

"아무래도 맨바닥에서 재울 수는 없으니까요. 훈련의 일환

무인환생

으로 삼아도 되기는 하지만 앞으로 수도 없이 노숙을 할 텐데 여기에서까지 그러면 너무 잔인한 것 같아서 말이지요."

"잘 생각했다. 안 그래도 나쁜만 아니라 애들도 걱정하던 문제였는데. 노숙이 익숙하기는 하지만 그래도 사람인데 잠자리가 좋으면 좋지."

석덕월이 웃으며 자리에 앉았다.

수련에 있어 휴식 역시 중요한 부분을 차지했기에 그는 정말로 다행이라는 표정을 지었다.

"비싼 돈 받고 하는 건데 이 정도는 당연하지요. 인원은 정확히 몇 명입니까?"

"스물한 명. 지난번에 얘기했을 때보다 한 명 더 늘었는데 괜찮지?"

"일단 객잔의 방은 충분합니다. 근데 기간은 얼마로 잡으셨습니까?"

"우선은 반년 과정부터 해 보려고. 처음인 만큼 우리도 무리를 할 수는 없으니까. 금액이 적은 것도 아니고. 근데……."

시원스럽게 말을 이었던 석덕월이 말끝을 흐렸다.

무언가 문제가 있는 듯한 모습에 석진호가 말해 보라는 듯이 눈짓했다.

"우리 입장에서 이건 일종의 투자잖아. 그래서 데리고 온 애들은 반년 과정이 끝나는 날부터 오 년은 무조건 석풍표국에서 일하기로 계약을 맺었었거든. 근데 이급, 삼급 표사들

이야 거금이 없으니까 이 조건을 받아들였지만 일급 표사들
은 아니야. 일급 표사쯤 되면 혼자서도 감당할 만한 여유가
있으니까. 비싼 건 매한가지지만 충당 못 할 정도는 아니지."

"그런 식으로 나온 사람이 있는 모양이네요."

"맞아."

석덕월의 표정이 어두워졌다.

그래서 그는 자연스럽게 석진호의 눈치를 살폈다.

석풍표국과 남이 아니라고 하지만 그렇다고 석진호가 꼭
의리를 지킬 필요는 없었다.

더욱이 석진호는 부친인 석가장주의 부탁도 단칼에 거절
하고 밖으로 나오지 않았던가.

"그 부분에 대해서는 걱정할 필요 없습니다. 아직은 따로
계약을 맺을 생각은 없으니까요. 더구나 첫 손님인데 이 정
도 혜택은 드려야지요."

"고맙다!"

"당분간만입니다. 계속 그러겠다는 뜻은 아니에요."

"그 정도만으로도 충분해. 당분간 허튼 생각을 하는 녀석
들은 없을 테니."

석덕월이 한시름 놓았다는 표정을 지었다.

티를 크게 내지는 않았지만 이 부분에 대해서 석풍표국주
역시 고민이 많았다.

자칫 잘못하면 남 좋은 일만 해 주게 될 것 같아서였다.

무인환생

그런데 석진호가 의리를 지켜 준다고 했기에 석덕월은 마음이 편해졌다.

"앞으로는 내실을 다지는 게 좋을 겁니다. 규모가 크다고 해서 꼭 좋은 것만은 아닙니다."

"알고 있지, 그건. 다만 문제는 모든 일들이 생각대로 흘러가지 않아서 그렇지. 그래도 앞으로는 네 덕분에 많은 게 달라지지 않을까 싶다."

"오 년이라는 시간에 안심하면 안 됩니다. 사람 마음이 얼마나 간사한지 아저씨도 아실 거라 생각합니다."

"근데 그거 아냐? 지금 너 열여덟 살이라고는 보이지 않는다는 거."

"이제는 익숙해질 때도 되지 않았습니까?"

"말은."

당황하기는커녕 되레 능글맞게 맞받아치는 석진호의 모습에 석덕월이 고개를 절레절레 저었다.

지금의 모습도 좋지만 그래도 가끔은 예전이 그리울 때가 있었다.

한없이 착하고 말 잘 듣던 석진호가 말이다.

'아니, 그때도 말은 썩 잘 듣지는 않았지. 똥고집이 있었으니까.'

그래도 귀여운 맛은 있었다며 석덕월이 곱씹을 때 다호를 든 석진호가 뒤늦게 그에게 차를 따라 주었다.

"우선은 표사들만 데려온 겁니까?"

"응. 이급, 삼급 표사들이다. 아무래도 표국 내에서 가장 많은 인원을 차지하기도 하고, 강해진다면 가시적인 전력 상승을 확인할 수 있으니까."

"너무 큰 기대는 하지 마시고요."

"마룡이를 봤는데 기대가 안 되겠어?"

석덕월이 피식 웃었다.

상당히 비싼 금액임에도 불구하고 그나 석풍표국주가 고민하지 않은 건 정마룡 때문이었다.

눈으로 직접 성과를 봤기에 둘 다 가격 때문에 고민은 했을지언정 의심은 하지 않았다.

"저번에도 말씀드렸다시피 교육 중에 도망치면 환불은 없습니다."

"그건 걱정하지 않아도 된다. 다들 의욕이 대단하니까. 약자의 서러움을 누구보다 잘 아는 게 이급, 삼급 표사들이다. 그러니까 그 부분에 대해서는 걱정하지 않아도 된다. 훈련 중에 죽으면 죽었지 도망치는 녀석은 없을 거야."

"계약서에 비슷한 내용이 명시되어 있나 보네요."

"크흠!"

석덕월은 대답하지 않았다.

그러나 표정과 반응을 보면 유추하기가 어렵지 않았다.

"뭐, 그 부분은 석풍표국 내의 일이니 저와는 상관이 없지

武人還生
무인환생

만요."

"자, 받아라."

"감사합니다."

"우리 애들 잘 부탁한다. 표국주님도 기대가 크셔."

전표가 담겨 있을 것으로 예상되는 종이봉투를 내밀며 석덕월이 말했다. 농담이 아니라 석덕월은 진짜로 석진호에게거는 기대가 컸다.

석풍표국의 약점이라 할 수 있는 부족한 고수층을 단기간에 채울 수만 있다면 표국업계 일 위라는 자리를 더욱더 견고하게 할 수 있었다.

그뿐만 아니라 고급 인력의 이탈을 막는 것도 가능했기에 석덕월은 뜨거운 눈으로 석진호를 쳐다봤다.

"최대한 노력해 보겠습니다."

"이왕이면 결과도 좋게. 알았지? 참, 내가 우연히 하나 들은 소문이 있는데."

"소문요?"

"응. 네가 미룡이에게 특별한 걸 판매한다고 하던데."

석덕월이 은근한 어조로 말했다.

하지만 석진호는 떠보는 듯한 그의 말에 넘어가지 않았다.

"전 잘 모르겠는데요."

"어허! 우리 사이에 이러기냐?"

"만약 있더라도 함부로 말할 수는 없죠. 계약에 있어 신뢰

만큼 중요한 건 없습니다."

"끄응!"

단칼에 선을 긋는 석진호의 말에 석덕월이 아쉬운 표정을 지었다.

역시나 만만치 않은 대응에 석덕월은 입맛만 다시며 대신 두꺼운 책자를 탁자에 올려놓았다.

"이건?"

"우리 표국의 기본 무공이다. 표사를 목표로 들어온 쟁자수들에게 가르치는 무공들이지. 지금 당장은 필요치 않겠지만 나중에는 쟁자수들도 보낼 거니까 미리 한번 읽어 봐."

"이런 걸 저에게 보여 줘도 됩니까?"

"일류 무학에 겨우 턱걸이할까 말까 한 무공을 네가 탐낼 이유가 없잖아? 물론 쉽게 구할 수 있는 무공은 아니지만 그렇다고 상승 절학이라고 할 정도로 대단한 건 아니니까. 겸사겸사 부족한 부분이 있으면 개선시켜도 좋고."

석덕월이 히죽 웃었다.

넌지시 시키먼 속내를 드러냈던 것이다.

물론 석진호는 단호하게 거절했다.

"그럴 일은 없을 겁니다."

"매정한 녀석."

"금액에 비해 너무 많은 걸 바라시면 곤란합니다. 공과 사는 구분해 주시죠."

무인환생

냉정한 석진호의 말에 석덕월이 호랑이 새끼를 키웠다는 표정을 지었다.

하지만 그런 석덕월의 표정에도 석진호는 단호했다.

"헉헉헉!"

"으아아앗!"

평소와 달리 아침부터 승천무관의 앞마당이 소란스러웠다.

석풍표국 표사들의 합류로 인해 북적거렸던 것이다.

그리고 그들 사이에는 채소강도 있었다.

"흐읍! 흡!"

아무렇지 않은 얼굴로 뛰고 있는 석진호, 탁윤, 정마룡의 뒷모습을 뚫어져라 쳐다보며 채소강이 이를 악물었다.

나름 혼자서 체력 훈련을 하기는 했지만 역시나 따라 한 것에는 한계가 있는지 벌써부터 숨이 차올랐다.

하지만 채소강은 포기하지 않았다.

"으으으!"

"어, 얼마나 뛰어야 하는 거지?"

"말할 힘조차 아껴!"

그런 채소강의 주변에서는 곡소리가 쉴 새 없이 터져 나왔다. 오늘부터 훈련을 시작한 표사들이 곳곳에서 앓는 소리를 냈던 것이다.

그러나 누구 하나 포기하려는 기색은 보이지 않았다.

이게 얼마나 큰 기회인지 알기에, 또한 계약서를 썼기에 다들 악착같이 세 사람을 따라서 뛰었다.

"끄으으으!"

"아, 아직도 더 뛰어야 하나?"

하지만 달리기가 계속해서 이어지자 다들 얼굴이 새하얗게 변했다. 내공을 사용하지 말라고 했기에 다들 한계에 도달했던 것이다.

그러나 죽을 것처럼 힘겨워하는 그들을 보고도 석진호는 달리는 것을 멈추지 않았다.

"뛰세요! 절대 멈추지 마세요!"

거의 걷다시피 하는 이들이 속출하자 정마룡이 소리를 질렀다. 걷더라도 움직이는 걸 멈추면 안 되었기에 정마룡이 큰 소리로 닦달했다. 대신 석진호는 날카로운 눈으로 신입 관도들을 매섭게 살폈다.

"으으!"

"우웨액!"

다시 열 바퀴를 더 돌았을 때 탁윤과 정마룡을 제외한 전원이 헛구역질을 했다. 아침에 먹은 걸 고스란히 토해 내는 모습에 정마룡이 고소를 머금었다.

무인환생

지금이야 익숙해졌지만 처음 제대로 체력 훈련을 했을 때 그 역시 저들처럼 쉴 새 없이 토했었다.

그리고 뛰고, 토하고를 반복했고.

'아마 나와 똑같은 전철을 밟겠지, 흐흐흐!'

훤히 보이는 표사들의 미래에 정마룡이 사악한 웃음을 흘렸다. 그때 탁윤은 엎어지듯 주저앉아 있는 채소강에게 다가갔다.

표사들이야 수준은 낮지만 기본적으로 무공을 익히고 있었고 내공도 가지고 있었지만, 채소강은 아니었다.

말 그대로 범인이나 마찬가지였기에 탁윤은 조심스럽게 채소강의 상태를 살폈다.

"괜찮니?"

"괘, 괜찮습니다."

"첫날부터 무리할 필요는 없어. 너는 내공도 없을뿐더러 아직 몸이 다 성장하지 않은 상태라 무리하면 몸이 망가져."

"아직은 버틸 만합니다."

채소강이 이를 악물며 대답했다. 힘든 건 사실이지만 그렇다고 버티지 못할 정도는 아니었다.

게다가 표사들과 달리 그는 이제 몸풀기가 끝났다는 걸 알기에 최대한 호흡을 골랐다.

다음 훈련을 곧바로 준비했던 것이다.

"윤이는 소강이 기본기 좀 잡아 주고. 관도들은 신고식 겸

나와 한판씩 붙지.”

“지, 지금 말씀이십니까?”

위를 모조리 비워 낼 기세로 구토를 하던 표사 하나가 겨우겨우 입을 열었다.

표사들 중 가장 연장자였는데, 그는 방금 전까지 토악질을 해서 그런지 얼굴이 창백해져 있었다.

“응. 죄다 게워 내서 몸도 가벼울 테니 그 점을 활용해야지.”

“으윽!”

이십 대 중반으로 보이는 표사가 질린 표정을 지었다.

하지만 거절하지는 않았다.

상상 이상의 고강도 훈련이 있을 거라는 걸 이미 들었기에 표사는 이를 악물고서 자리에서 일어났다.

“검은 내려놓고 목검으로. 실전처럼 하는 대련을 가장 좋아하지만, 그렇다고 다치면 안 되니까. 시간이 금인데 치료하는 데 쓸 수는 없지.”

석진호가 손짓으로 건물 앞을 가리켰다.

달리기 전에 미리 탁윤을 시켜 가져다 놓은 각종 십팔반병기들이 한자리씩 차지하고 있었다.

“알겠습니다.”

“마릉이는 사람들 챙기고.”

“예!”

힘겹게 대답한 표사가 비틀거리며 걸어가자 석진호는 정

武人還生
무인환생

마룡에게도 지시를 내렸다.

너무 아무렇게나 주저앉아 있기에 정리가 필요했다.

게다가 다른 이의 대련을 보는 것도 수련의 일종이었기에 석진호는 죽을 것처럼 헉헉거리는 관도들을 한쪽으로 몰았다.

"그럼 시작해 볼까."

"영광입니다, 관주님!"

자신이 사용하는 철검과 비슷한 크기의 목검을 쥐고서 다가온 표사가 존경심을 가득 담아 말했다.

나이는 어리지만 석진호는 이미 강호에서 무명이 자자한 무인이었다.

또한 벽풍뇌호라는 별호도 가지고 있기에 표사는 한껏 진지한 얼굴로 석진호에게 포권했다.

"선공을 양보하지."

표사에게 마주 포권을 한 석진호가 양팔을 늘어뜨렸다.

실력 차이가 현격한 만큼 선공을 양보한 것이었다.

그러나 지켜보던 누구도 그 모습을 보고 거만하다고 생각하지 않았다.

대신 하나같이 해쓱한 얼굴로 석진호와 동료의 모습을 주시했다.

"가겠습니다."

생사결이 아닌 가르침을 받기 위한 대련이니만큼 표사는 예의를 다했다. 한 명의 관도로서 정중한 태도를 고수하며 석진호에게 달려들었다.

쿠웅!

그러나 안타깝게도 표사는 석진호의 일격도 감당해 내지 못했다.

딱히 특별한 초식을 펼치거나 엄청나게 빠른 움직임을 보인 것도 아닌데 표사는 단 일 초 만에 무력화되었다.

멱살을 잡힌 채로 바닥에 처박힌 표사가 뒤늦게 신음을 토해 냈다.

"다음."

"제가 하겠습니다."

일초지적이라는 말이 절로 나올 정도의 광경이었지만 누구도 비웃거나 조롱하지 않았다.

애초에 실력 차가 어마어마하다는 걸 본인들 스스로가 알고 있어서였다.

쾅! 쿠웅!

표사들은 계속해서 속수무책으로 쓰러졌다.

누구도 석진호에게 공격을 성공하거나 반격을 피해 내지 못했다.

하지만 그럼에도 다들 웃고 있었다.

처절하게 당하는 만큼 배우는 것 또한 확실하다는 걸 알고 있어서였다.

"하아압!"

武人還生
무인환생

"포위해!"

일대일 대결이 끝나고 표사들 전원이 석진호에게 달려들었다.

표사인 만큼 다수 대 다수, 혹은 소수 대 다수의 전투가 비일비재했기에 그런 상황에 대비해 이번에는 모두가 일제히 짓쳐 들었다.

퍼퍼퍼퍽!

그러나 이번에도 역시 석진호에게 제대로 된 일격을 성공한 사람은 없었다.

분명 똑같은 속도로 움직이는데도 어느 누구 하나 석진호를 맞히지 못했다.

심지어 피해 내는 이 역시 없었다.

'흐음.'

그 모습에 석진호는 침음을 흘렸다.

나름 고르고 골라서 보냈을 텐데 무재들이 썩 좋다고는 보기 힘들어서였다.

하지만 이미 계약서를 쓰고 돈을 받은 상태였기에 석진호는 계약을 충실히 이행했다.

✤

하루 일과를 모두 끝마친 석진호는 집무실에 들어왔다.

열린 창문을 통해 여전히 곡소리를 내는 관도들의 목소리가 들려왔지만 석진호는 눈 하나 깜빡이지 않고 자리에 앉았다.

냐아옹!

그러자 기다렸다는 듯이 흑휘가 나타났다.

소리도 없이 창문을 넘어 석진호에게 다가왔던 것이다.

"녀석."

머리를 비비며 아양을 떠는 흑휘의 모습에 석진호가 웃으며 이마를 긁어 주었다.

그러자 이번에는 아예 배를 보이며 몸을 발라당 뒤집었다.

고롱. 고로롱.

"슬슬 먹고 싶을 때가 되기는 했지."

온갖 애교를 부리는 흑휘의 모습에 석진호가 피식 웃었다.

왜 갑자기 이렇게 애교를 떠는지 그는 이유를 알고 있어서였다.

"하지만 그 전에 일부터 봐야지."

책상에 놓인 두 개의 서찰을 쳐다보며 석진호가 중얼거렸다. 그런데 서찰에 찍혀 있는 직인을 보는 석진호의 눈빛이 싸늘했다.

"두 사람이 나에게 서찰을 보낼 일이 없을 텐데."

석진룡과 석기룡의 직인이 찍혀 있는 서찰을 보던 석진호가 이내 손을 뻗었다.

武人還生
무인환생

고민 끝에 첫째인 석진룡이 보낸 서찰을 고른 것이었다.

이윽고 단단히 밀봉되어 있던 서찰이 활짝 펼쳐졌다.

거침없이 서찰을 읽어 내려가던 석진호의 얼굴이 점차 싸늘해졌다.

볼수록 가관인 내용이 적혀 있어서였다.

그래서 석진호는 중간쯤 보던 서찰을 거칠게 구겼다.

더 이상 읽어 볼 필요가 없어서였다.

화르륵!

"아직도 정신 못 차렸군."

삼매진화의 수법으로 서찰을 깔끔히 불태워 버린 석진호는 둘째인 석기룡에게서 온 서찰을 뜯었다.

이미 어떤 내용이 적혀 있을지 짐작이 갔지만 그럼에도 석진호는 확인차 서찰을 펼쳤다.

"흥."

역시나 내용은 대동소이했다.

다만 건방진 말투의 석진룡과 달리 나름 예의를 차리는 말투였으나 내용은 똑같았다.

석미룡에게 간자라도 심어 놓은 것인지 백년홍패를 언급하는 내용에 석진호의 미간이 좁혀졌다.

그녀가 일부러 흘린 것인지, 아니면 두 사람이 운 좋게 파악한 것인지 구별이 가지 않아서였다.

"석미룡의 입장에서는 둘 다 자신에게 나쁘지 않은 상황이기는 한데."

턱을 쓰다듬으며 석진호가 중얼거렸다.

어느 쪽이든 석미룡에게는 나쁘지 않다는 생각이 들어서
였다. 그래도 약간이나마 손해인 쪽은 원치 않게 알려진 경
우이기는 했다.

"승계 다툼을 벌이는 중이니 언젠가는 드러날 수밖에 없는
문제이기는 하지만."

밝혀졌다면 그걸 이용할 위인이 석미룡이었다.

근데 문제는 그로 인해 자신이 귀찮아진다는 사실이었다.

"뭐, 어느 쪽이든 상관없지. 일단 당분간은 독점이니까."

석기룡에게서 온 서신도 불태워 버리며 석진호가 중얼거
렸다.

몰래 판매할 수는 있지만, 그럴 생각은 없었다.

석미룡과 달리 둘과는 딱히 친분도 없고 좋은 관계도 아닌
만큼 석진호는 무시하기로 결정을 내렸다.

"근데 한 번쯤은 경고를 해야 할 것 같군. 내가 아랫사람도
아닌데 말이지."

거만하기 짝이 없던 석진룡의 서신을 떠올리며 석진호가
싸늘하게 말했다.

아직 소장주 자리도 차지하지 못한 녀석이 마치 석가장주
라도 된 것처럼 당연하다는 듯이 지시를 내리는 게 석진호는
어처구니가 없었다.

무인환생

그러면서 한편으로는 신기하기도 했다.

아직도 자신을 천대받던 석진호로 생각하는 게 말이다.

"현실감각이 없거나, 아니면 인정하기 싫은 소인배거나. 그것도 아니면 둘 다일 수도 있겠군."

피식거린 석진호가 자연스럽게 어깨에 올라탄 흑휘를 데리고 창가로 갔다.

뒷마당에서 익숙한 목소리가 들렸기에 다가간 것이다.

"괜찮아?"

"이 정도야 뭐."

"허세 부리지 마. 걷는 것도 힘들어하는 게 다 보이는데."

채소설이 오라비의 등짝을 때렸다.

그런데 평소라면 아무렇지도 않아 할 채소강이 얼굴을 잔뜩 일그러뜨렸다.

"으윽!"

"거봐! 괜찮긴 뭐가 괜찮아."

"첫날이라서 그래, 첫날이라서. 안 쓰던 근육을 쓰니까 알이 배긴 것뿐이야."

"난 지금이라도 오빠가 무공을 배우는 걸 관뒀으면 좋겠어. 너무 위험해."

채소설이 걱정 가득한 얼굴로 채소강을 쳐다봤다.

무슨 마음으로 결정했는지 알았기에 그녀는 더욱더 말리고 싶었다.

"이 세상에 위험하지 않은 일은 없어. 무인이 아니라고 하더라도 비명횡사하는 이들은 수두룩해. 그럴 바에는 차라리 무공을 배우는 게 나아."

"그럼 나는? 매일 가슴 졸이며 오빠를 기다려야 해?"

"생각 없이 결정한 거 아냐. 그리고 너도 이게 얼마나 큰 기회인지 알고 있잖아."

"……."

채소설이 대답 대신 아랫입술을 깨물었다.

어리지만 그렇다고 세상을 모르지는 않았다.

석진호에게서 무공을 사사한다는 게 얼마나 큰 기회인지 그녀도 알았지만 그래도 기쁨보다는 걱정이 앞섰다.

"나는 단순히 무공만 보고 결정한 게 아니야. 너도 알지? 관주님이 객잔주님이랑 두 형들을 얼마나 챙기는지. 피 한 방울 안 섞였음에도 그렇게 살뜰히 챙겨 주시잖아."

"그래도 위험하잖아. 더구나 오빠의 삶은 어떡하고?"

"아무것도 선택하지 못한 채 세상에 질질 끌려다니는 것보다는 이게 훨씬 나아. 그리고 착각하는 게 있는데 오직 너만을 위해서 결정한 건 아냐. 나를 위해서 내린 결정이기도 해."

"흥."

촉촉하게 젖은 눈으로 채소설이 채소강을 흘겨봤다.

말은 저렇게 쌀쌀맞게 해도 속내는 다르다는 걸 너무나 잘 알아서였다.

그리고 자신이 아무리 뭐라고 해도 결정을 번복하지 않으리라는 것도 알았다.

"나로서는 나쁘지 않은 제안이었어. 객잔주님, 아니 아주머니께 은혜를 갚아야 한다는 생각도 있었고. 너도 알겠지만 가장 힘들 때 우리의 손을 잡아 주신 분이 아주머니시잖아."

"……나도 갚을 거야."

"그러니까 같이 갚자. 알았지? 은혜를 입었으면 반드시 보은해야 하는 게 사람이야."

"아빠처럼 말하지 마. 나랑 나이 차이도 한 살밖에 안 나면서."

소매로 눈가를 거칠게 닦은 채소설이 입술을 삐죽 내밀었다. 실제로 따지면 십일 개월 정도밖에 차이가 안 나는데 아빠처럼 말하니 어이가 없어서였다.

하지만 채소강은 단호했다.

"차이가 얼마 안 나도 내가 오빠인 건 절대 불변의 사실이지. 그리고 가장은 나야."

"흥!"

언제 수심이 가득했냐는 듯이 채소설이 콧방귀를 크게 내뿜으며 몸을 돌렸다. 항명하듯 발소리를 크게 내며 주방으로 걸어가는 모습에 채소강이 아빠 미소를 지었다.

"너는 내가 꼭 행복하게 해 줄 거야. 네 행복이 나의 행복이니까."

채소설에게 들리지 않게, 채소강은 작게 중얼거렸다.

마치 다짐하듯이 말이다.

그러나 그는 몰랐다.

혼자만의 중얼거림이라 생각했던 그 말을 석진호가 듣고 있음을 말이다.

야옹.

아니, 거기에 고양이 한 마리가 더 추가되었다.

해가 질 무렵이 되자 하정객잔의 일 층은 손님으로 바글거렸다.

가격이 착한데 맛도 좋으니 자연스레 손님들이 모여들기 시작했던 것이다.

게다가 저녁 식사 때는 승천무관의 관도들이 수련을 마치고 복귀했기에 밖에서 보기에는 장사가 잘되는 것 같아 호기심에 들어오는 손님들도 적지 않았다.

"석풍표국에서 나오는 밥보다 더 맛있는 거 같은데."

"나도. 사실 맛은 없잖아. 공짜니까 그냥 먹는 거지."

武人還生
무인환생

"선택할 수 있는 종류가 더 많으면 좋을 텐데."

"사 먹어."

비슷한 시기에 석풍표국에 들어왔기에 동기처럼 지내는 두 명이 티격태격하며 건두부볶음과 생선탕을 먹었다.

바다에 인접한 지역답게 별다른 재료가 들어간 것 같지 않은데 국물 맛이 깊은 생선탕에 두 사람은 다시 한번 감탄했다.

"그럴 돈이 어디 있어. 가뜩이나 훈련받고 있어서 월봉도 안 들어오는데."

"대신 하루가 다르게 강해지고 있잖아. 다시 돌아가도 승천무관을 택할 거면서."

"당연하지. 이런 기회가 흔할 것 같아? 내 장담컨대 다음에는 경쟁률이 훨씬 더 높아질 거야."

"쟁자수들 위주로 선별한다는 말도 있던데. 싹수 좀 보이는 녀석들로."

동기의 말에 위승척이 고개를 주억거렸다.

그가 생각하기에도 경쟁률이 올라갈 가능성이 높아서였다. 물론 경지가 엄청나게 높아진 건 아니지만 다들 느끼고 있었다.

불과 한 달 만에 자신의 몸이 달라졌다는 사실을 말이다.

'공력은 크게 늘지 않았지만 대신 신체 능력이 달라졌지.'

언뜻 보면 무자비하게 굴리는 것 같은데 신기하게도 그게 효과가 있었다.

그걸 본인 스스로가 가장 잘 알았기에 위승척은 날이 갈수록 자신감이 붙었다.

매일같이 탁윤에게 깨지고 있었지만 정마룡은 조금만 노력하면 따라잡을 수 있을 것 같다는 생각이 들어서였다.

"아, 술 한잔 마시고 싶다. 싸구려 죽엽청주라도 한잔하면 기가 막힐 텐데."

"술 생각은 나도 간절한데, 마시면 그날로 쫓겨나는 거 알고 있지? 교육 기간 동안에는 무조건 금주다."

"그래서 이렇게 하소연하는 거 아냐. 그 제약만 아니었으면 진즉에 시켰지."

목춘갑이 입맛만 쩝쩝 다셨다.

그러면서 주변에서 맛깔나게 술을 들이켜는 이들을 부러운 눈으로 쳐다봤다.

마음 같아서는 딱 한 잔만 몰래 마시고 싶은 생각이 간절했지만 석진호가 얼마나 단호한 성격인지 너무나 잘 알았기에 마시는 상상만 했다.

"근데 손님이 점점 늘어나는 것 같지 않아?"

"객실도 이제는 빈방을 찾기가 힘들 정도라던데."

"그건 어떻게 알았어?"

"객실 청소하는 애들이랑 친해졌거든. 마주치면 가벼운 대화 정도는 해."

무인환생

위승척이 의외라는 표정을 지었다.

데면데면하게 인사하는 자신과는 너무나 다른 모습에 살짝 놀란 것이었다.

"신기하네."

"난 너처럼 매정하지 않거든. 사람이 좀 둥글게 둥글게 살아야지. 아무리 제 앞가림하기 힘들다지만 너무 선을 긋는 것도 좋지 않아. 나중에 어떻게 될지 알고."

"어떻게 무공 한 구절이라도 배우려고 그러는 거 아냐?"

"에이, 너나 나나 만년 이급 표사인데 뭘 배워. 그리고 말이 이급 표사지 사실 삼급 표사보다 경험이 좀 더 많은 것뿐이잖아."

목춘갑이 자조적으로 말했다.

말이 이급 표사지 언제라도 삼급 표사들에게 추월당할 수 있는 게 그들이었다.

그래서 더욱 간절하게 승천무관에 오려고 했던 것이고.

"뭘 또 그렇게 심각한 내용으로 빠져. 기분 좋게 수련하고 왔는데. 그리고 언젠가는 우리에게도 볕 들 날이 오겠지."

"진짜 올까?"

"적어도 발버둥 치면 아무것도 안 하고 빈둥빈둥 누워 있는 것보다는 낫겠지."

위승척이 어깨를 으쓱거렸다.

그러면서 그는 석진호를 떠올렸다.

가문에서 천대받고 무시당하던 그가 지금은 석가장주가 어떻게든 다시 데려오고 싶은 인물로 변했다.

그것도 변한 지 일 년이 채 되기도 전에 말이다.

때문에 위승척은 자신이나 목춘갑도 가능성이 있다고 생각했다.

"이걸 음식이라고 가져온 거야!"

짜악!

애써 술 생각을 털어 내며 배를 채우는데 그리 멀지 않은 곳에서 고성이 들려왔다.

동시에 뺨따귀를 때리는 소리가 일 층에 길게 울려 퍼졌다.

"부, 분명 제가 가지고 갔을 때는 멀쩡했습니다."

"그럼 내가 거짓말이라도 한다는 거야? 엉?"

왼쪽 뺨에 선명한 손자국이 남은 점소이가 비틀거리며 자리에서 일어났다.

하지만 채 일어나기도 전에 점소이는 다시 넘어졌다.

얼큰하게 취한 장한이 이번에는 반대쪽 뺨따귀를 날렸던 것이다.

그로 인해 점소이의 양 볼이 순식간에 퉁퉁 부었다.

"새 음식을……."

"어물쩍 새 음식으로 넘어가겠다? 난 이미 비위가 상할 대로 상했는데? 만약에 내가 오늘 저녁에 배탈이라도 나면 어떡하려고?"

"그, 그럼 어떻게 해 드릴까요?"

폭력으로 인해 핏줄이 터진 모양인지 눈이 벌겋게 변한 점소이가 겨우 몸을 일으키고는 물었다.

어떻게든 웃는 표정을 지으려고 했지만 입술이 터져서인지 좀처럼 미소가 나오지 않았다.

"뭐라고? 어떻게 해 드릴까요? 그걸 네가 찾아야지 내가 말해 줘야 해? 엉? 주인장 어디 있어! 당장 나오라고 해!"

이제 고작 십 대 중반으로 보이는 점소이의 동공이 급격하게 흔들렸다.

뜬금없이 객잔 주인을 부르자 심장이 덜컹했던 것이다.

그리고 그건 안절부절못하며 이쪽을 지켜보던 다른 점소이들도 마찬가지였다.

"저기, 손님. 조금만 진정하시고……."

"내가 진정하게 생겼어? 주문한 음식에서 쥐 꼬리가 나왔는데!"

장한의 노성에 일 층은 물론이고 이 층에서 식사 중이던 손님들의 시선이 집중되었다.

그런데 그럴수록 장한의 목소리는 더욱더 커졌다.

마치 일부러 시선을 끌어모으려는 듯이 말이다.

"거 되게 시끄럽네."

"어떤 새끼야!"

"여기서 지내는 새끼다, 이 새끼야."

위승척이 자리에서 일어났다.

그러자 기세등등하게 소리쳤던 장한이 움찔거렸다.

빠르게 위승척의 몸을 훑던 그의 눈에 허리춤에 매달린 박도가 보여서였다.

게다가 심상치 않은 눈빛에 장한의 눈동자가 순간 흔들렸다.

"넌 뭔데 참견이야!"

하지만 이미 기호지세였다.

여기서 꼬랑지를 말았다가는 아무것도 되지 않기에 장한은 더욱 거칠게 소리쳤다.

"문제가 있으면 조용히 해결해야지. 손님이 너만 있는 것도 아니고, 너무 시끄럽다고 생각하지 않아? 다 같이 사용하는 객잔인데 상대방에 대한 예의와 존중이 있어야지. 그리고……."

제26장 사천성에서 온 손님

"먹던 음식에서 쥐 꼬리가 나온 거 맞아? 내가 여기서 사십 일 넘게 지냈는데 단 한 번도 이상한 게 섞여 나오지 않았거든."

"맞아. 여기만큼 청결한 곳이 없지."

"음식의 신선도도 훌륭하고."

위승척의 말에 여기저기에서 동조하는 듯한 말이 터져 나왔다.

석풍표국의 표사들이 아니라 황화현에 사는 거주민들의 말이었다.

그 말들에 장한의 얼굴이 잔뜩 일그러졌다.

"내가 먹던 음식에서 나왔다는데 웬 말들이 많아! 너희 다

한통속이지! 다른 사람은 속여도 나는 못 속여!"

"역시나 타지인이었구만?"

"그래! 근데 그게 뭐! 아니, 내가 타지인인 걸 알고 일부러 이러는 거구만? 싼 재료 잔뜩 넣어서 바가지 씌우려고!"

타지인이라는 말에 잠깐 흠칫했던 장한이 이내 더욱 흥분하며 소리쳤다.

씩씩거리며 눈알을 부라렸던 것이다.

그 기세에 몇몇 사람들이 슬그머니 시선을 피했지만 위승척은 아니었다.

오히려 재미있다는 표정으로 장한을 쳐다봤다.

"그렇게 나오니 더 수상한데. 혹시 음식에서 나왔다는 쥐꼬리, 네가 넣은 거 아냐?"

"지금 누굴 의심하는 거야!"

"하는 짓이 의심스러우니까. 별것도 아닌 일에 흥분하는 것도 그렇고. 사과를 안 하는 것도 아니고, 음식을 새로 가져다주겠다고까지 했는데 일을 크게 벌이니 당연히 수상할 수밖에. 그러니 한번 까 봐. 주머니 안에 뭐가 있는지. 네 말대로 떳떳하다면 주머니를 보여 주는 것 정도는 충분히 해 줄 수 있잖아?"

"내가 왜 그래야 하지?"

장한이 이를 드러냈다.

엄연히 그는 피해자였다.

무인환생

그렇기에 증명할 필요가 없다고 생각했다.

"의심을 걷을 수 있는 가장 손쉬운 방법인데 그걸 안 하겠다고? 나로서는 이해가 안 되는데. 작은 수고로움을 감당하면 의심을 벗을 수 있는데 왜 안 할까? 거절함으로써 의심이 더 짙어질 수도 있는데."

"그쯤 해. 그냥 때려잡아서 주머니를 까 보면 될걸. 저런 녀석들 한두 번 겪어 봐? 주둥아리 나불거릴 시간에 차라리 때려눕혀서 확인하는 게 더 빠르다."

"무, 무슨!"

갑자기 달려드는 목춘갑의 모습에 장한이 화들짝 놀라며 소리쳤다. 하지만 목춘갑의 신형은 이미 그의 앞에 도달해 있는 상태였다.

덥석!

단숨에 멱살을 잡은 목춘갑은 그대로 장한을 들어 올렸다. 그러고는 빠르게 장한의 양쪽 주머니를 드러냈다.

투둑. 투두둑.

"어머!"

"참, 나. 지금 자작극을 펼친 거야?"

"어쩐지 수상하다 했어."

뒤집어진 주머니 속에서 쥐 꼬리는 물론이고 발톱, 귀, 대가리가 줄줄이 나오는 모습에 주변에 있던 사람들이 혀를 찼다.

하지만 가장 어이없다는 표정을 짓는 건 점소이였다.

자작극에 당해 애꿎은 폭력을 당한 점소이는 멍한 표정으로 장한을 쳐다봤다.

"그 손 놓지 못해!"

"니미 씨불!"

벌떡!

동시에 장한과 일행으로 보이는 대여섯 명의 사내들이 자리에서 일어났다.

대부분이 문신을 하거나 얼굴에 험상궂은 흉터가 있는 이들이었는데 그들이 욕지거리를 내뱉으며 금방이라도 달려들 것처럼 위협을 가했다.

각자 단검이나 비수 등을 꺼내며 살기를 드러냈던 것이다.

스스슥.

그러나 그 흉흉한 기세는 얼마 가지 못했다.

일 층 곳곳에 앉아 있던 석풍표국의 표사들이 가소롭다는 표정을 지으며 마찬가지로 자리에서 일어났던 것이다.

그 숫자가 무려 열아홉 명이나 되자 사내들이 당혹스러운 표정을 지었다.

두 명 정도야 제아무리 무인이라도 자신이 있었다.

쪽수 앞에는 장사가 없었기 때문이다.

그런데 무려 스물한 명이 가소롭다는 표정으로 자신들을 노려보자 사내들은 마른침을 삼켰다.

"아무래도 이거 계획적인 냄새가 나는데."

武人還生
무인환생

"나도."

꿀꺽!

아직도 멱살이 잡혀 있는 장한을 제외한 사내들이 빠르게 시선을 교환했다.

숫자도 숫자지만 하나같이 기도가 심상치 않았다.

어쭙잖은 삼류 무사가 아닌, 제대로 된 실전을 겪은 싸움꾼과도 같은 분위기를 물씬 풍겼기에 사내들은 장한을 놔두고 몸을 내뺐다.

아무리 함께 어울리는 패거리라고 하나 결국 중요한 건 자신의 목숨이었다.

"야, 야! 이 개새끼들아!"

뒤도 돌아보지 않고 도망치는 한때 벗들의 행동에 장한이 피를 토하듯 소리쳤다. 그러나 그의 외침에도 불구하고 정작 돌아보는 이는 단 하나도 없었다.

"어딜 가시나."

"들어올 때는 마음대로 들어왔어도 나갈 때는 아니지."

"창문도 안 돼."

"헉!"

하지만 잽싸게 도망치던 사내들은 뜻을 이루지 못했다.

마치 그렇게 나올 줄 알았다는 듯이 표사들이 길목은 물론이고 출입구와 창문을 막아섰던 것이다.

"이놈들 데리고 나가자. 손님들 식사해야지."

"옙!"

"자, 그럼 우리끼리 따로 조용히 대화를 나눠 보도록 할까? 물론 우린 몸의 대화도 좋아해."

"아주 좋아하지, 흐흐흐!"

하정객잔의 주인은 소하정이었지만 중요한 건 그녀가 석진호의 유모라는 점이었다.

게다가 석진호가 하정객잔에 얼마나 신경 쓰는지 모르는 이가 없기에 표사들은 하나같이 섬뜩한 미소를 지으며 행패를 부리던 무리를 데리고서 밖으로 나갔다.

퍼퍼퍼퍽! 빠각!

물론 보이지만 않았을 뿐이지 난동을 부리던 무리가 어떤 꼴을 당하고 있는지는 모두가 알 수 있었다.

그런데 시원스러운 타격음이 들림에도 긴장하거나 두려워하는 이들은 별로 보이지 않았다.

도리어 무슨 생각을 하는 것인지 하나같이 눈을 빛냈다.

"승천무관의 관도들이 지키는 객잔이라."

"뭣도 모르고 일을 벌인 어중이떠중이들의 말로지요."

"어째서 황화현에 왈패들과 잡배들의 씨가 말랐는지를 조금이라도 알아봤다면 저딴 짓을 벌이지는 못했을 텐데."

"애초에 모자란 놈들이니 알아보려는 생각조차 안 했을 겁니다."

혀를 차는 면사 여인을 향해 노복이 비웃음을 잔뜩 머금었

武人還生
무인환생

다.

멍청해도 저렇게 멍청할 수가 없어서였다.

만약 조금이라도 사전 조사를 했다면 절대 이런 짓을 벌이지는 못했을 터였다.

"앞으로는 장사가 잘되겠어, 여기 하정객잔."

"제가 보기에도 그렇습니다."

"한번 만나 보고 싶은데 말이지."

"승천무관주를 말씀이십니까?"

노복이 당혹스러운 표정을 지었다.

하지만 면사 여인은 태연하게 말을 이었다.

"응. 같은 마을에 사는데 얼굴 정도는 익혀서 나쁠 것 없잖아?"

"하오나……."

노복이 말끝을 흐렸다.

워낙에 말이 많은 인물이었기에 그로서는 걱정이 되었던 것이다.

물론 아직까지는 먼저 건들지 않으면 손을 쓴 적은 없었다. 그러나 그게 앞으로도 계속 그러리라는 보장은 없었다.

"좋은 인연을 맺어 두면 우리에게도 이익이야."

"그렇긴 합니다만."

"허노가 걱정하는 게 그거지? 승천무관주가 과연 우리를 좋게 볼까 하는."

"……예."

때로는 솔직해야 할 필요가 있었기에 허노라 불린 노복이 조심스럽게 대답했다.

하지만 그 말에 면사 여인은 기분 나빠하지 않았다.

오히려 눈웃음을 지었다.

"명문 세가나 대문파 출신이라면 모를까 승천무관주는 석가장 출신이야. 장사꾼의 피가 흐르고 있단 소리지. 그렇다면 우리라고 해서 안 좋게 볼 이유는 없어. 장사꾼은 누구와도 거래를 하는 이들이니까. 그러니 시도는 해 보자고."

"알겠습니다."

"다행히 우리 쪽은 승천무관이나 객잔과 크게 연관이 없으니까 딱히 적대적으로 나오지는 않을 거야. 아니, 남자라면 싫어할 수가 없지."

면사 여인이 자신만만한 표정을 지었다.

하지만 그런 면사 여인과 달리 노복의 표정은 어두웠다.

관도들이 하정객잔으로 돌아간 늦은 저녁에 정마룡이 홀로 뒷마당에 나왔다.

석진호의 호출이 있어서였다.

"왔느냐."

"예, 관주님."

홀로 고고히 서서 만월을 올려다보던 석진호가 몸을 돌렸다. 그런데 그 모습이 정마룡에게는 너무나 신비롭게 보였다. 월광을 받고 있는 석진호의 모습이 한 폭의 그림 같았던 것이다.

마치 무림 고수와도 같은 분위기와 모습에 정마룡이 얼굴 가득 부러운 표정을 지었다.

"뭐가 또 부러워?"

"헤헤! 관주님의 모습이 한 폭의 그림 같아서요."

"그림은 무슨."

"근데 저만 부르신 겁니까?"

정마룡이 주변을 두리번거렸다.

보통은 탁윤과 함께 호출하는데 어디에서도 동생의 모습이 보이지 않자 작은 눈을 끔뻑거렸다.

"너에게만 볼일이 있으니까."

"혹시 추가 훈련입니까?"

늦은 시각이었지만 정마룡은 추가 훈련을 마다하지 않았다. 재능이 없는 만큼 남들이 자거나 쉴 때 노력하는 건 당연하다고 생각해서였다.

더구나 무공에 일찍 입문했다고 말할 수 없는 만큼 남들 하는 노력의 최소 두 배는 해야 조금이라도 격차가 좁혀진다고 생각했기에 정마룡은 기합이 잔뜩 들어간 목소리로 물었다.

"아니. 새 무공을 전수해 주려고."

"새…… 무공요?"

"응. 이제 슬슬 넘어가도 될 것 같아서."

"그, 그럼 이제 일류 무공을 배우는 건가요?"

정마룡이 말을 더듬었다.

혼쾌십삼식보다 상위의 무공이라면 당연히 일류 무공일 거라는 생각이 들어서였다.

"맞아. 대성한다면 도강도 불가능은 아니지."

"도, 도강이라니!"

첫 번째 벽이자 수많은 무인들을 좌절시킨다는 절정의 벽을 넘어서야만 닿을 수 있는 경지가 검기성강이었다.

어떻게 보면 선택받은 이들만 오를 수 있는.

적당한 무공과 적당한 환경, 거기에 나쁘지 않은 스승이 있다면 초일류의 경지까지는 노력으로 충분히 닿을 수 있었다.

하지만 절정의 경지는 달랐다.

단순히 노력만으로 닿을 수 없는 경지가 절정이었고, 그렇기에 구파일방, 오대세가라 불리는 곳에서도 절정 이상의 고수는 그렇게 많지 않았다.

한데 그런 절정에 닿을 수도 있다고 하자 정마룡은 자기도 모르게 침을 삼켰다.

"헛바람은 들지 말고. 말했잖아, 대성하면이라고."

무인환생

"만약 대성하면 그 이상의 무공도 가르쳐 주시는 건가요?"

"조언은 해 줄 수 있지. 그 정도 수준이면 굳이 다른 무공을 익히는 것보다는 자신만의 무리를 쌓아 가는 게 더 도움이 되니까. 근데 배우기도 전에 너무 앞서가는 거 아냐?"

"죄송합니다! 제가 주제넘었습니다!"

기합이 잔뜩 든 목소리로 정마룡이 대답했다.

뒷마당이 쩌렁쩌렁 울릴 정도로 말이다.

그러자 석진호의 미간이 좁혀졌다.

"죄, 죄송합니다. 저도 모르게 그만."

소하정이 잠자리에 들 시간이라는 걸 뒤늦게 떠올린 정마룡이 연신 허리를 숙이며 목소리를 낮췄다.

그제야 석진호는 좁혔던 미간을 풀었다.

"혼쾌십삼식도 쉽지 않았을 테지만 오늘 가르칠 추뢰구식(追雷九式)은 더 난해해. 머리로는 이해가 되어도 몸으로 펼치기는 쉽지 않은 무공이지."

"벼락을 쫓는 도법이라. 이름이 끝내주는데요. 그럼 제 별호는 추뢰도(追雷刀)가 되는 것인가요?"

"헛소리는 그만하고. 집중 안 해?"

"죄송합니다!"

헤벌쭉 웃으며 중얼거리던 정마룡이 퍼뜩 정신을 차렸다.

지금 중요한 건 무공명이 아니라 무공을 전수받느냐였다.

그렇기에 정마룡은 자세를 바로 했다.

"추뢰구식은 전삼식, 중삼식, 후삼식으로 나뉘어 있다. 앞쪽을 완벽히 익히지 못하면 다음 단계로는 못 넘어가. 하지만 대성한다면 벼락처럼 무시무시한 일격을 쉴 새 없이 뿌려 댈 수 있지."

"우와."

"잘 봐. 전삼식을 보여 줄 테니."

"예!"

석진호가 차고 있던 검으로 추뢰구식의 전삼식을 느릿하게 펼쳤다.

그런데 검으로 도법을 펼쳤음에도 정마룡은 조금의 위화감도 느끼지 못했다.

오히려 너무나 아름다운 투로에 정신과 마음을 빼앗겼다.

그 정도로 추뢰구식은 화려하며 현란했다.

'저게 내가 익힐 무공…….'

정마룡의 두 눈이 몽롱해졌다.

그리고 어느새 석진호는 그가 되어 있었다.

머릿속에서는 그가 석진호처럼 너무나 멋지게 추뢰구식을 펼쳤던 것이다.

"다 외웠지?"

"예?"

"이 녀석 또 망상에 빠졌었구만?"

"헉! 죄송합니다!"

무인환생

석진호에게는 거짓말이 통하지 않는다는 걸 알기에 정마룡은 납작 엎드렸다.

그런데 석진호는 평소와 달리 혼을 내지 않았다.

정마룡의 심정이 어느 정도는 이해가 갔기에 그저 피식 웃기만 했다.

"다시 보여 주마."

"이번에는 제대로 두 눈에, 머리에 각인시키겠습니다!"

"그건 기대도 안 해."

"헙!"

매정하기 짝이 없는 한마디에 정마룡이 시무룩한 표정을 지었다.

하지만 그런 낌새도 잠시.

정마룡은 석진호가 다시 보여 주는 추뢰구식의 전삼식을 뚫어져라 쳐다봤다.

어떻게든 외우기 위해 악착같이 집중했던 것이다.

"외운 것만 펼쳐 봐."

"해 보겠습니다!"

"응. 기대는 안 하니까 편하게 해."

"기대 이상의 모습을 보여 드리겠습니다!"

석진호가 느리게 보여 주었기에 외우는 게 그리 어렵지만은 않았다.

혼쾌십삼식과 마찬가지로 쾌도에 중점을 둔 무공이었기에

나름 일맥상통하는 부분이 있었던 것이다.

그러나 그 자신감은 창졸간에 사라졌다.

"큭! 크크큭!"

"어, 어라? 분명히 이렇게 하셨었는데……."

참는 듯한 석진호의 웃음소리와 함께 정마룡이 얼굴 가득 당혹스러운 표정을 지었다.

분명 기억한 대로 따라 했는데 자세가 이상하게 엉성했던 것이다.

특히 도초와 보법이 심하게 엉켰다.

"말했잖아. 머리로는 쉬워 보여도 몸으로 펼치는 건 어렵다고. 식을 나눠서 보여 줄 테니 보고 따라 해."

"제가 모자란 게 아니죠?"

"재능은 모자라지. 나였으면 한 번에 외웠지."

"……."

명치를 사정없이 때리는 한마디에 정마룡의 얼굴이 어두워졌다. 새 무공을 배운다고 들떴던 마음이 삽시간에 산산조각 났던 것이다.

하지만 그럼에도 정마룡은 묵묵히 석진호가 알려 주는 전삼식을 따라 했다.

"얼추 형(形)은 외운 거 같네. 한번 쭉 이어서 펼쳐 봐."

"예에."

자신감이 급속도로 하락한 정마룡이 석진호의 눈치를 살

무인환생

피며 추뢰구식의 전삼식을 펼치기 시작했다.

여전히 군데군데 어설프고 엉성한 모습을 보였는데 의외로 석진호는 그 부분들을 지적하지 않았다.

그저 덤덤한 얼굴로 지켜보기만 했다.

"나쁘지 않네."

"정말요?"

"응. 기대치가 낮아서 그런가, 오히려 괜찮은데?"

"너무하세요……."

"그래도 여기까지 잘 왔어. 난 사실 시간이 좀 더 걸릴 줄 알았거든. 올해는 지나야 추뢰구식을 가르칠 줄 알았는데."

정마륭이 번개같이 고개를 들었다.

갑작스러운 칭찬에 놀란 것이었다.

"여기까지 오느라 고생했다. 앞으로는 더 힘들겠지만, 그래도 꾸준히 하면 좋은 결과를 얻을 수 있을 거야."

"가, 감사합니다! 이 모든 게 전부 다 관주님 덕분입니다!"

"그건 이미 알고 있는 부분이니까 굳이 또 강조할 필요는 없어. 그보다 관도들은 어때? 말썽 피우는 애들은 없어?"

"다들 열심히 하고 있습니다. 저도 따라잡지 않으려고 더욱 악착같이 하고 있고요."

정마륭이 눈을 빛내며 말했다.

대놓고 말은 하지 않았지만 정마륭은 진즉부터 관도들이 어떤 생각을 하고 있는지 알고 있었다.

매일같이 부딪치는데 알아차리지 못한다는 건 말이 되지 않았다.

"그 부분에 대해서는 내가 굳이 말하지 않아도 되겠네."

"재능은 없지만, 그래도 나름 선배 기수라고 할 수 있는데 추월당할 생각은 조금도 없습니다."

"좋은 마음가짐이야."

"더구나 관주님께서 저를 이렇게까지 생각해 주시는데 결과로 보답해야지요!"

언제 기가 죽었냐는 듯이 정마룡이 주먹을 불끈 쥐며 소리쳤다.

하지만 그 모습에 석진호는 고개를 저었다.

"그런 말은 머리로만 생각하면 안 되는 거냐?"

"헤헤헤! 그래도 진심은 말을 하고, 티를 내야 전해진다고 생각해서요. 그래서 말인데 정말 감사합니다, 관주님! 진짜 관주님은 제 삶의 은인이세요!"

"시끄러워."

오늘따라 더욱더 엉겨 붙는 정마룡을 떨쳐 내며 석진호가 발걸음을 옮겼다.

가르치는 일을 끝냈으니 자신의 방으로 올라가려는 것이 었다. 그러나 정마룡은 대놓고 싫은 티를 내는 석진호에게 끝까지 따라붙으며 귀찮게 했다.

무인환생

콰앙!

석진룡이 시뻘게진 얼굴로 거칠게 책상을 내려쳤다.

그러자 보고하러 왔던 측근이 몸을 움찔거렸다.

씩씩거리는 석진룡의 모습을 보자 몸이 절로 얼어붙었던 것이다.

"그러니까 아직도 답신이 안 왔다?"

"예, 예!"

"숭천무관인가 숭천무관인가 하는 곳에 제대로 서신이 간 건 확실하고?"

"인편으로 확실하게 대공자님의 서찰을 전달했습니다. 하인이 받은 것도 확인했고요."

"그런데도 답장이 없단 말이지."

으드득!

석진룡이 이를 갈았다.

생각할수록 화가 치솟았지만 더욱 짜증 나는 건 상황이 이런데도 그가 당장 할 수 있다는 게 없다는 점이었다.

'하북팽가 때부터 마음에 드는 게 하나도 없어!'

석진룡의 뇌리에 팽무건으로부터 퇴짜를 맞던 광경이 떠올랐다.

인생에서 그때만큼 굴욕적인 때가 없었기에 석진룡은 분

노가 다시 한번 치솟았다.

이놈이고 저놈이고 마음에 드는 놈이 단 하나도 없는 상황에 그는 울화통이 터졌다.

'감히 하찮은 서출 따위가!'

다른 곳들은 적서의 구분을 크게 나누지 않는다고 하지만 석가장은 아니었다.

승계권을 가질 수 있는 건 적자들뿐이었다.

그렇기에 석진룡은 뻗대는 석진호가 마음에 들지 않았다.

시키는 대로 해도 모자랄 판에 무력만 믿고 건방을 떠니 그렇게 거슬릴 수가 없었던 것이다.

'거기다 감히 셋째와 붙어먹어?'

석진룡의 두 눈이 번뜩였다.

하나같이 마음에 안 드는 두 녀석이 힘을 합친 듯해 보이자 더욱 화가 치솟았던 것이다.

그러나 문제는 석미룡의 기세가 심상치 않다는 점이었다.

거들떠도 보지 않았던 셋째가 무서운 기세로 치고 올라오는 모습에 석진룡은 조금이지만 위기감을 느꼈다.

둘째와 치고받는 와중에 석미룡이 어부지리를 노릴 수도 있다는 생각이 들어서였다. 그 정도로 장내에서 석미룡의 영향력은 빠르게 불어나는 중이었다.

까드득!

그런데도 석진룡이 섣불리 움직이지 않는 건 둘째 석기룡 때문이었다.

음흉한 둘째의 성격상 자신이 움직이면 옳다구나 하고 기회를 엿볼 게 분명했기에 석진룡은 섣부르게 움직일 수 없었다.

"사람을 다시 보내 볼까요?"

"보내. 답신이 올 때까지 계속."

"알겠습니다."

황급히 집무실을 나서는 수하의 뒷모습을 쳐다보며 석진룡이 이를 드러냈다.

마음 같아서는 당장 승천무관인지 뭔지를 때려 부수고 싶었지만 석풍표국이 있기에 그건 불가능했다.

그렇다고 말려 죽이는 것도 힘들었기에 석진룡이 얼굴을 잔뜩 일그러뜨렸다.

"두고 보자. 내가 석가장주가 되는 날 이 치욕을 고스란히 갚아 줄 것이니!"

두 명의 동생들과 경쟁 중이지만 그는 결국 승리자는 자신이 되리라고 확신했다.

동생들의 세력이 빠르게 커지고 있다지만 아직 그에 비견될 정도는 아니었다. 때문에 마지막에 석가장주 자리에 오르는 건 자신이라고 생각했다.

"그날이 오면 모조리 다 쓸어 버려 주마."

이를 악물며 석진룡은 곱씹고 또 곱씹었다.

지금의 치욕을 절대 잊지 않겠다는 듯이 말이다.

후비적후비적.

"어디서 개가 짖나."

이제는 따사롭기보다는 뜨겁다는 표현이 절로 떠오르는 햇살을 맞으며 석진호가 손가락으로 귀를 팠다. 누가 자신의 욕을 하는지 이상하게 귀가 간지러웠던 것이다.

"웬 마차지?"

창가에 서서 쉬지 않고 돌아가며 대련을 하고 있는 관도들을 내려다보는데 입구 쪽으로 한 대의 마차가 달려오는 게 보였다.

그것도 석가장의 깃발을 단 마차가 말이다.

그 모습에 석진호는 느릿하게 발걸음을 멈췄다.

"모두 중지!"

갑작스러운 마차의 등장에 정마룡이 황급히 소리쳤다.

달려오는 사두마차의 속도가 심상치 않았기에 대련을 멈추고 관도들을 한쪽으로 물리며 정마룡은 탁윤과 함께 투레질을 하는 말들에게 다가갔다.

"워워. 진정해, 진정. 여기서 난리 피우면 안 된다."

얼마나 서둘러 달려왔는지 끈적끈적한 침을 흘리는 말들

무인환생

을 달래며 정마룡이 마부를 쳐다봤다.

그러자 일면식이 있는 마부가 정중하게 고개를 숙이며 인사해 왔다. 석가장에서는 하인이었지만 이곳에서는 엄연히 무공 교두였기에 대우를 해 주는 것이었다.

달칵.

그때 마차의 문이 열리며 석미룡이 모습을 드러냈다.

한데 그녀는 혼자가 아니었다.

왠지 모르게 섬뜩한 분위기를 풍기는 장년인을 데리고서 정마룡에게 다가왔다.

"오랜만이야, 마룡아."

"아, 네."

"진호는?"

이상하게 몸이 얼어붙는 것 같은 느낌에 정마룡이 어색하게 대답할 때 석미룡이 석진호를 찾았다.

마치 지금 정마룡의 상태를 알고 있다는 듯이 말이다.

"말도 없이 갑자기 무슨 일이야? 그것도 왜 하필 위험하기 짝이 없는 사람을 데리고."

느릿한 걸음걸이로 건물에서 나온 석진호가 불만스러운 얼굴로 석미룡을 쳐다봤다.

그런데 그 말에 석미룡의 옆에 서 있던 장년인의 눈동자에 이채가 서렸다.

자기소개도 하지 않았건만 자신을 알아본 것 같아서였다.

"그래도 누나가 찾아왔는데 너무 쌀쌀맞게 대하는 거 아냐?"

"혼자 왔다면 환대는 해 줬겠지. 그런데 저런 인물을 데리고 왔는데 내가 반겨 줄 거라 생각한 거야?"

"마치 누군지 아는 것처럼 말하네?"

"누군지는 몰라도 어디 소속인지는 알지. 사천성 당가 일족 사람이잖아."

석미룡의 동공이 순식간에 확대되었다.

설마하니 장년인을 한 번에 알아볼 줄은 몰라서였다.

"하북성에 잠룡 하나가 나타났다는 소문을 들었었는데. 그게 사실일 줄은 몰랐군."

장년인이 살짝 놀랐다는 표정을 지으며 입을 열었지만 석진호는 그에게 시선 하나 주지 않았다.

오직 석미룡만 쳐다봤다.

침에도 독이 있는 사천당가 사람을 석진호는 가급적이면 이곳에 들이고 싶지 않았다.

독인(毒人)은 그 정도로 위험한 인물이었다.

"그게, 나도 사정이 있어서……."

"석 단주 말이 맞네. 관주를 만나고 싶어 내가 간절히 부탁했네. 그래서 말인데 잠시 시간을 내줄 수 있겠나. 관주가 걱정하는 일은 일어나지 않을 걸세. 부탁하네."

갈색 무복을 입고 있던 장년인, 당군명이 고개를 꾸벅 숙

武人還生
무인환생

였다.

그 모습에 석진호가 의외라는 표정을 지었다.

그가 알고 있는 사천당가 사람들의 성격과는 판이하게 달라서였다.

"나도 부탁할게. 유모나 다른 사람들에게는 피해가 가지 않을 거야. 나를 봐. 당 대협과 같이 마차를 타고 왔는데 멀쩡하잖아."

"원하는 게 있으니까 그렇겠지. 도중에 거슬리는 짓을 했다면 진즉에 독수로 화했을걸."

"……그런 섬뜩한 말은 하지 말고."

석미룡이 애써 웃으며 말했다.

그러나 웃는 표정과 달리 얼굴은 하얗게 변해 있었다.

"일단 들어오시죠."

이상할 정도로 저자세인 당군명을 잠시 응시하던 석진호가 몸을 돌렸다.

그래도 찾아온 노력을 감안해 말 정도는 들어 줄 생각이었다.

"무슨 일이지, 사천당가 사람이?"

"근데 분위기가 장난 아니긴 하다. 기도가 완전……."

"나 사천당가 사람은 처음 봐. 그래도 나름 중원 곳곳을 돌아다녔는데."

한편 석미룡과 당군명이 석진호를 따라 건물 안으로 들어가자 관도들이 웅성거렸다.

사천당가라는 말은 많이 들었지만 이렇게 직접 본 것은 처음이어서였다.

그리고 신기해하는 건 정마룡과 탁윤도 마찬가지였다.

"소문에는 당가 사람이 내뱉는 침에만 닿아도 중독된다고 하던데, 그 말 사실인가요?"

"글쎄. 나도 직접 본 적은 없어서."

정마룡의 질문에 위승척이 뒷머리를 긁적였다.

관도들 중에서 표행을 가장 많이 다닌 그였지만 사천당가 사람을 본 건 이번이 처음이었다.

그렇기에 확실하게 대답해 주기가 어려웠다.

"괜찮을까요?"

"우리 관주님? 당연히 괜찮지 않겠어? 얼굴에 긴장한 기색이 전혀 없으셨잖아. 오히려 귀찮아하는 기색이 가득했지."

"그러고 보니 그러네요."

탁윤이 두 눈을 끔뻑거렸다.

정마룡의 말마따나 석진호는 당군명을 앞에 두고도 전혀 긴장한 모습을 보이지 않았었다.

오히려 대놓고 껄끄러운 표정을 지었지.

"궁금하다. 왜 찾아왔을까."

"우리도 궁금해."

무인환생

쪼르륵.

무거운 침묵을 가르며 다호에서 흘러나온 차가 찻잔을 채웠다.

이미 전음으로 모든 이를 건물 밖으로 물린 석진호는 무심한 얼굴로 두 사람의 찻잔을 채워 주고는 자신의 찻잔에 차를 따랐다.

"우선 설명부터 해 줄게. 일단은 전후 사정을 네가 알아야 하니까."

"말해."

무겁게 짓누르는 적막을 어렵게 걷어 내며 석미룡이 입을 열었다. 당군명이 어째서 자신을 찾아왔는지, 그리고 여기까지 온 이유에 대해서 말이다.

그 설명을 석진호는 묵묵히 듣기만 했다.

'흐음.'

석미룡이 일목요연하게 전후 사정을 설명할 때 당군명은 석진호를 보며 묘한 표정을 지었다.

시중에 나온 백년홍패를 석미룡의 배다른 동생인 석진호가 구했다는 말을 듣고 그는 곧바로 가문의 정보 조직을 이용해 조사를 했다.

사천성에서 하북성은 거의 끝과 끝이나 마찬가지였지만

상황이 상황이니만큼 석진호에 대해서 알아보는 건 어렵지 않았다.

더구나 개방 역시 사천당가의 사정을 알기에 도움을 주었고 말이다.

'이 년 정도 만에 이 정도로 강해지는 게 가능한가?'

당군명은 처음 석진호를 마주했을 때를 떠올렸다.

정확하게는 눈이 마주쳤을 때를 말이다.

그때 석진호는 그가 사천당가 사람이라는 걸 알아봤음에도 딱히 긴장하는 기색을 보이지 않았다.

독이 얼마나 무섭고 위험한 것인지 알고 있음에도 말이다.

'그런 반응은 독을 두려워하지 않아도 되거나, 혹은 대비가 완벽하게 되어 있을 때나 가능한데 말이지.'

특히 당군명은 석진호의 손이 인상 깊었다.

벽풍뇌호라는 별호와 함께 석진호의 무명은 적어도 하북성에서는 육룡 못지않은 위상을 자랑했다.

그런데 기이하게도 석진호의 양손은 굳은살이나 흉터 하나 없이 매끈했다.

무공을 수련한 사람이라고는 보기 힘들 정도로 말이다.

'거기다 눈빛.'

하지만 당군명을 가장 당혹스럽게 만든 건 석진호의 눈빛이었다.

사천당가의 소가주인 조카도 그의 앞에서는 살짝 주눅이

武人還生
무인환생

들었다. 아무리 완벽하게 기운을 갈무리한다고 해도 자연스럽게 흘러나오는 기도 때문이었다.

그런데 석진호는 그를 정면으로 마주 보고도 아무렇지 않은 모습을 보였다.

"한마디로 천년자패가 필요하다?"

"그렇다네. 중독된 조카를 해독하기 위해서는 천년자패가 반드시 필요하네. 다른 재료는 모두 다 구했고, 천년자패만 있으면 되는 상황이네. 그래서 관주를 찾아온 것이고."

상념에서 빠져나온 당군명이 간절한 눈으로 석진호를 쳐다봤다.

웃돈을 주어서라도, 아니 본가에 있는 영약이나 독과 교환을 하겠다고 공표했지만 어디서도 천년자패를 구할 수는 없었다.

그렇기에 마지막 희망은 백년홍패를 구한 석진호뿐이었기에 당군명이 절박한 눈으로 그를 쳐다봤다.

"여기저기 다 알리고 다녔구만. 일공자와 이공자도 알고 있던데."

"그게, 그러니까……."

부담스러운 당군명의 시선을 피하며 석진호는 일단 석미룡부터 쏘아붙였다.

안 그래도 그녀에게 할 말이 있었던 터였다.

"보아하니 일부러 흘린 것 같던데. 그게 이 상황까지 초래

한 거고."

"……미안해. 나도 이렇게까지 커질 줄은 몰랐어."

석미룡이 기어들어 가는 목소리로 대답했다.

목적이 무엇이었든 결과적으로 피해를 끼친 건 사실이었기에 석미룡은 곧바로 사과했다.

"계약서를 다시 써야겠어. 왜 그런지는 알고 있지?"

"호호! 한 번만 봐주면 안 될까?"

"당연히 안 되지."

"히잉!"

평소 하지 않던 애교까지 부렸으나 결과는 신통치 않았다.

석진호가 단칼에 거절했던 것이다.

이 사태의 원흉이라 할 수 있는 석미룡과의 일을 해결한 석진호는 그제야 시선을 돌려 당군명을 쳐다봤다.

"남매끼리의 얘기는 다 끝났는가?"

"예. 기다리게 해서 죄송합니다."

"아닐세. 급하기는 하지만, 관주의 입장도 충분히 이해하니까. 내가 관주 입장이었어도 당혹스러웠을 것이네. 다만 숙부로서 이렇게 찾아올 수밖에 없었다는 점도 이해해 주었으면 하네."

"이해합니다. 조카의 목숨이 달린 일인데 그러는 게 당연하죠."

"고맙네. 그래서 말인데, 천년자패를 구할 수 있겠나?"

무인환생

당군명이 마른침을 삼키며 물었다.

어쩌면 지금의 한마디가 조카의 사형선고가 될 수도 있기에 그는 바짝 긴장한 얼굴로 물었다.

"저도 장담은 못 합니다. 아직 시도해 보지 못해서요."

"그 말은……!"

당군명의 목소리가 커졌다.

시도하지 않았다는 건 달리 말하면 가능성이 있다는 뜻이었기에 당군명이 반색하며 소리쳤다.

하지만 석진호의 말은 아직 끝나지 않았다.

"그러나 영물이라는 게 연이 닿아야 얻을 수 있다는 사실을 당 대협도 알고 계시지 않습니까. 시도는 할 수 있지만, 주는 건 하늘이지요. 열심히 찾아도 발견하지 못할 수도 있습니다."

"으음!"

당군명의 얼굴이 삽시간에 어두워졌다.

원래 영초, 영물을 얻는 건 쉽지 않았다.

석진호의 말마따나 인연이 닿지 않는 이상 보기조차 힘든게 영물과 영초였다.

게다가 심해 속에 사는 영물의 경우 더욱더 얻기 힘들었다.

"천년홍패나 천년백패, 혹은 천년청패는 안 되는 겁니까?"

"조카가 중독된 독은 천년자패로만 해독이 가능하네. 다른 것들은 효과가 없어."

당군명이 무거운 어조로 대답했다.

마음 같아서는 그가 직접 바닷속으로 들어가고 싶지만 수공을 익히지 않은 이가 심해까지 내려가는 건 불가능했다.

호흡도 호흡이지만 무시무시한 압력과 해류를 끊임없이 견뎌 내며 내려가는 건 제아무리 그라도 힘들었다.

'천년자패라.'

연거푸 한숨만 내쉬는 당군명의 모습을 보며 석진호는 턱을 쓰다듬었다.

예전이었다면 아무리 그라도 심해 깊숙한 곳까지 내려가는 건 힘들었겠지만 지금은 달랐다.

환골탈태를 하며 육신이 한층 더 단단해졌을뿐더러 수공의 화후 역시 더욱 깊어졌기에 천년자패를 찾는 건 어렵지 않았다.

'사천당가에 빚을 지워 둬서 나쁠 것은 없지. 패는 많을수록 좋으니까.'

무릇 모든 강호문파나 무림 세가가 그렇겠지만 사천당가는 유독 은원에 확실했다.

원한이든 은혜든 받은 것 이상으로 확실하게 갚는 게 사천당가였다. 그런 만큼 빚을 만들어 둔다면 나중에 분명히 크게 쓸 수 있을 터였다.

"일단 시도는 해 보겠습니다. 확실하게 찾을 수 있다고 장

무인환생

담은 못 드리지만요."

"고맙네! 정말 고맙네! 천년자패를 찾지 못하더라도 내 관주의 도움은 절대 잊지 않겠네!"

깊은 한숨만 연거푸 내쉬던 당군명이 석진호의 손을 덥석 잡았다. 그러자 석진호가 자연스럽게 손을 빼내며 자리에서 일어났다.

쇠뿔도 단김에 빼랬다고 바로 이동하려는 것이었다.

"지금 다녀오겠습니다."

"필요한 게 있나? 무엇이든 말만 하게! 내 무슨 수를 써서라도 구해 줄 터이니!"

당군명이 두 눈을 부릅뜨며 소리쳤다.

태양이 필요하다고 하면 하늘의 태양도 뽑아 올 기세였다.

"당장은 생각나는 게 없네요. 일단 다녀와 보고 필요한 게 있으면 말씀드리겠습니다."

"같이 가세. 바다에 함께 들어가 줄 수는 없지만 해변에서 기다려 줄 수는 있네."

"그럼 저도 같이 가겠습니다. 동생이 고생하는데 누나가 편히 있을 수는 없지요."

석미룡이 슬그머니 한 발 걸쳤다.

함께 석진호를 기다리며 자연스럽게 당군명과 친분을 쌓으려는 것이었다. 그 여우 같은 행동에 석진호는 자기도 모르게 실소가 나왔다.

티가 나도 너무 났던 것이다.

'나도 염치는 있어. 나 혼자만 챙기려는 거 아냐.'

'난 아무 말도 안 했어.'

'눈으로 때렸잖아.'

석미룡이 가볍게 눈을 흘겼다.

그러나 석진호는 아무 반응을 보이지 않고 접객실을 나섰
다.

오랜만에 바다에 나온 석진호는 적당한 곳에 도착하자 곧
바로 입수했다.

시간이 애매한 만큼 서둘러 바닷속에 들어갔던 것이다.

슈우우욱!

그런데 아래로 내려가는 석진호의 속도가 심상치 않았다.

진짜 물고기라도 된 것처럼 무시무시한 속도로 내려갔던
것이다.

보글보글.

수직으로 내려가는 석진호의 몸에서 작은 기포들이 올라
왔다.

그리고 사위가 점차 어두워졌다.

깊은 바다로 들어오자 빛이 점점 옅어졌던 것이다.

武人還生
무인환생

'이쯤에서 백년자패들을 구했었지.'

어느새 바닥까지 내려온 석진호가 주변을 빠르게 훑었다.

하지만 백 년급과 오백 년 정도 되어 보이는 녀석들은 간간이 보였으나 천 년 정도 묵은 녀석은 보이지 않았다.

'뭐, 금방 찾을 수 있을 거라고는 생각하지 않았으니까.'

애초에 큰 기대는 하지 않았었기에 석진호는 실망하지 않았다.

아무리 바다가 그의 보물 창고나 마찬가지라고 하지만 천 년 정도 묵은 것들은 얘기가 달랐다.

더욱이 심해는 녀석들의 집 앞이나 마찬가지였기에 그의 기척을 느끼고 모래 속으로 숨어들 가능성도 있었다.

'천 년이나 묵은 녀석들이 멍청할 리가 없지. 나름 영성이 있는 녀석들이니 내가 다가오는 걸 알아차리는 것도 불가능하지만은 않을 거야.'

마음을 편히 먹은 석진호가 느긋하게 주변을 훑었다.

바다에 들어온 지 상당한 시간이 지났음에도 그의 그물주머니는 텅텅 비어 있었으나 조급해하는 기색은 전혀 보이지 않았다.

'응?'

여유롭게 해저를 노닐던 석진호가 순간 눈을 크게 떴다.

새우처럼 생긴 녀석이 크기가 어마어마하게 커서였다.

대하라고 불리는 새우보다 족히 네 배는 더 큰 듯한 새우의 모습에 석진호는 자기도 모르게 손을 뻗었다.

신기하기도 하고 맛도 궁금해서였다.

파다다닥!

물론 심해에서 사는 녀석인 만큼 속도가 상당히 빨랐다.

그러나 석진호보다 빠르진 않았다.

'일단 각자 한 마리씩 먹을 정도만 잡을까나.'

덩치는 커졌어도 떼로 몰려다니는 습성은 여전한 모양인지 숫자를 채우는 건 어렵지 않았다.

그렇기에 순식간에 사냥을 끝낸 석진호는 다시 천년자패를 찾기 위해 더 깊은 곳으로 이동했다.

쏴아아아. 쏴아아아.

"오늘도 허탕인가."

이른 아침부터 해변에 나와 있던 당군명이 착 가라앉은 목소리로 중얼거렸다.

하지만 짜증스러운 기색은 없었다.

석진호가 얼마나 열심히 심해를 뒤지는지 너무나 잘 알고 있어서였다.

"이제 남은 시간이 얼마 없는데……."

당군명이 눈을 질끈 감았다.

지금 이 순간에도 고통스럽게 죽어 가고 있을 조카를 떠올리자 가슴이 답답했다.

그러나 그가 할 수 있는 건 아무것도 없었다.

백방으로 천년자패를 찾던 혈족들이 전부 다 실패했기에 이제 믿을 거라고는 석진호밖에 없었다.

"제발 구해 주었으면."

오백 년 정도 묵은 자패를 구하기는 했으나 그 정도로는 해독제를 만들 수 없었다.

그렇기에 당군명은 천지신명을 향해 기도했다.

부디 오늘은 석진호가 천년자패를 구할 수 있도록 말이다.

"여기 계셨군요."

"……군이 단주까지 올 필요는 없네만."

"그래도 같이 기도하면 가능성이 조금은 올라가지 않을까요? 게다가 준비도 해야 하고요."

"준비?"

당군명이 고개를 갸웃거리며 반문했다.

그러자 석미룡이 생긋 웃었다.

"육로보다는 수로가 훨씬 빠르지 않을까요?"

"호오."

"산동성에 배를 준비해 두었어요. 언제라도 당 대협께서 이용하실 수 있도록요."

"동생을 많이 믿는가 보구려."

"이런 말 하기 조금 민망한데 진호가 없으니까 말할게요. 지금까지 진호는 늘 기대했던 것 이상을 보여 줬어요. 저는 이번에도 그럴 거라고 생각해요."

석미룡이 믿음이 가득한 눈으로 말했다.

싹싹함이라고는 눈을 씻고 찾아봐도 없는 매정한 동생이지만 능력만큼은 확실했다.

그렇기에 석미룡은 자신 있게 말할 수 있었다.

기대해도 좋다고 말이다.

파아아앗!

그때 멀리서 쪽배 한 척이 다가왔다.

빠르게 바다를 가르며 두 사람이 있는 곳으로 접근했던 것이다.

동시에 당군명의 두 눈이 더 이상 커질 수 없을 만큼 커졌다.

제27장 황화현에 부는 바람

　시원스럽게 파도를 가르며 다가오는 쪽배의 주인은 당군명이 오매불망 기다리던 석진호였다.

　하지만 당군명의 시선은 석진호가 아닌 그의 손에 들린 무언가에 향해 있었다.

　수십 번도 더 읽은 고서의 내용과 똑같은 천년자패의 모습에 온 신경을 빼앗겼던 것이다.

　"저게 혹시 천년자패인가요?"

　"맞네. 구백 년까지는 덩치를 불리던 자패가 천 년에 가까워질수록 반대로 크기를 줄이네. 불순물을 서서히 걸러 내는 것이지. 그래서 나중에는 자수정처럼 반투명하면서 신비로운 빛을 내네. 조개라기보다는 보석 같은 모습으로 변하는 것이지."

당군명이 부들부들 떨리는 목소리로 말했다.

그토록 원하던 천년자패의 모습에 감격한 것이었다.

반면에 공력을 이용해 쪽배를 움직이던 석진호의 안색은 썩 좋지 못했다.

천년자패를 찾는다고 그동안 심해를 샅샅이 뒤졌기에 체력은 물론이고 정신적으로도 상당히 지쳤던 것이다.

"후우."

거기다 아찔하기까지 한 천년자패와의 추격전까지 있었기에 석진호는 지금 당장이라도 눕고 싶었다.

그러나 아직 일이 끝나지 않았기에 석진호는 길게 한숨을 쉬며 해변에 쪽배를 댔다.

"고생했네! 정말 고생했어!"

"수고했어, 진호야."

쪽배가 모래사장을 가르며 해변에 닿자 당군명과 석미룡이 헐레벌떡 달려왔다.

특히 당군명은 당장이라도 끌어안을 듯이 두 팔을 벌리며 다가왔는데, 그런 그를 향해 석진호는 손을 내밀었다.

"잠깐만요."

"왜 그러나?"

"여길 보시죠."

다가오는 당군명을 저지한 석진호가 왼손을 내밀었다.

武人還生
무인환생

천년자패를 쥐고 있는 손이었는데, 당군명은 왼손을 보고서는 반사적으로 고개를 주억거렸다.

어째서 석진호가 자신을 만류했는지 그는 곧바로 알아차렸던 것이다.

"내공으로 쥐고 있는 거야?"

"응. 안 그러면 내 손이 잘려 나갈 판이라."

"그 정도로 위험한 녀석이야?"

"바다 깊은 곳에서 천 년이나 묵은 녀석이야. 백 년짜리나 오백 년짜리랑 비교할 수 없지."

옅은 황금빛 기운에 휩싸여 있는 천년자패를 바라보며 석미룡이 질린 표정을 지었다.

천년자패가 이렇게나 위험한 녀석일 줄은 몰랐기에 놀란 것이었다.

하지만 지상에서 살아가는 영물들을 생각하면 오히려 이 정도는 약과였다.

"내가 큰 실수를 저지를 뻔했군."

"놓치면 다시 잡을 자신이 없습니다. 절대 놓치면 안 됩니다."

"알겠네."

석진호의 신신당부를 당군명은 허투루 듣지 않았다.

다른 이도 아니고 몇백 년 만에 천년자패를 잡은 석진호가 한 말이었다.

현재로써는 유일하게 천년자패를 구한 사람의 조언이었기에 당군명은 머릿속에 각인시키듯 석진호의 말을 곱씹었다.

"아시겠지만 첨언을 하자면 최대한 빨리 가져가시는 게 좋을 겁니다. 아무래도 살아 있는 게 효과가 좋을 테니까요. 하루 이틀밖에 있는다고 죽지는 않겠지만 그래도 서두르는 게 좋습니다."

"고맙네. 정말 고마워. 일단 이것을 받아 두게. 지금은 시간이 없어 이리 가지만 곧 다시 찾아오겠네."

당군명이 자신의 신분패를 건넸다.

그를 증명하는 물건이자 현재 사천당가에서 가주를 제외하고는 가장 높은 신분패였다.

그걸 당군명은 서슴없이 건넸다.

"괜찮습니다. 얼굴을 모르는 것도 아니고 사천당가가 어떤 곳인지 잘 아는데요. 일 처리하고 찾아오시죠."

"그래도 괜찮겠나?"

"예. 사천성까지는 먼 길이지 않습니까. 대신 다시 돌아오실 때 두 손 무겁게 오시면 됩니다. 품속이 무거워도 좋고요."

"허허허."

누가 석가장 출신 아니랄까 봐 통이 큰 석진호의 모습에 당군명이 너털웃음을 터트렸다.

그러나 두 눈에는 고마움이 가득했다.

"일단 받고 출발하시죠. 한시가 급한 상황일 텐데."

武人還生
무인환생

"고맙네."

석진호가 보여 준 것처럼 왼손에 진기를 일으키고서 당군명은 천년자패를 받았다.

그런데 천년자패를 쥔 순간 당군명의 이마에 핏줄이 툭 튀어나왔다.

천년자패의 저항이 생각보다 거셌던 것이다.

'흡!'

예상했던 것보다 더욱 드세게 반항하는 천년자패의 모습에 당군명이 놀란 눈으로 석진호를 쳐다봤다.

처음부터 범상치 않은 실력을 지녔다는 것을 알았지만 지금은 다른 의미에서 놀랐다.

'이런 녀석을 아무렇지 않게 잡았다고?'

공력도 공력이지만 천년자패를 제압하기 위해서는 세심한 제어가 필요했다.

근데 그걸 석진호는 아무렇지 않게 하며 대화까지 했으니, 당군명은 감탄했다.

'이 정도면 무린이와 비교해도 결코 아래가, 아니 오히려 내공 제어에서는 훨씬 위다.'

조카이자 사천당가의 소가주이며 최고의 후기지수라 불리는 육룡의 일인인 당무린을 떠올리며 당군명은 고개를 저었다.

당무린의 재능을 누구보다 잘 아는 그였지만 내공 제어 부분에서는 감히 석진호와 비교할 수 없었다.

'물론 내공 제어가 전부는 아니지만, 만약 붙는다면 쉽지 않겠는데.'

조카와 석진호를 나란히 떠올리던 당군명은 선뜻 결정을 내릴 수가 없었다.

그 정도로 석진호가 보여 준 실력은 놀라웠다.

"저기, 당 대협?"

"아, 미안하군. 이 녀석을 제압하느라. 지금 바로 출발할 수 있나?"

"예. 저를 따라오시죠."

"다음에 제대로 인사하겠네."

좀 전보다는 확연히 편해진 얼굴로 몸을 반쯤 돌린 당군명이 석진호를 쳐다봤다.

그 모습에 석진호는 그저 묵례만 했다.

화급을 다투는 상황임을 알기에 긴말을 하지 않았던 것이다.

이윽고 당군명이 석미룡을 따라 이동했다.

"그럼 나도 이만 쉬어 볼까."

이틀 내내 심해를 수색했기에 온몸이 뻐근했다.

평소에는 그립지 않던 침상이 그리울 정도로 말이다.

게다가 훈련은 탁윤과 정마룡이 잘하고 있기에 석진호는 내공을 이용해 젖은 옷을 순식간에 말리고는 승천무관으로

武人還生
무인환생

향했다.

🏵

　공식적인 일과인 오후 훈련을 마치고 석진호는 집무실에서 정마륭의 보고를 받고 있었다.

　승천무관의 일은 물론이고 하정객잔에 대해서도 보고를 받았는데 특별한 것은 없었다.

　석진호가 알아야 할 내용들만 정리해서 정마륭이 전달하는 정도였다.

　"매출이 많이 늘었네? 보름 전이랑 너무 크게 차이 나는 거 아냐?"

　"저도 얼마 전에 들은 건데 타 지역에서 넘어온 잡배들이 객잔에서 행패를 부렸다고 합니다."

　"황화현의 뒷골목이 탐났던 모양이군."

　석진호가 피식 웃었다.

　흑귀파, 천금방, 불야루의 빈자리는 다른 조직들이 전쟁 끝에 차지했지만, 과거에 비하면 전력이 약해진 게 사실이었다.

　그러니 다른 곳에서 밀려난 이들이 기웃거리는 것도 이상하지는 않았다.

　"맞습니다. 그런데 웃긴 게 하필이면 잡배들이 행패를 부린 객잔이 하정객잔이었습니다. 그것도 관도들이 있는 저녁 시간에 난리를 피웠지요."

"금세 진압되었겠네."

더 이상 듣지 않아도 결과가 예상되었기에 석진호는 심드 렁하게 말했다.

일개 잡배들 따위가 어떻게 할 수 있을 정도로 관도들은 약하지 않아서였다.

더구나 그 상황을 보고도 가만히 있었을 리 없고.

"맞습니다. 죄다 두들겨 맞고 마을 밖으로 쫓겨났습니다. 근데 재미있는 일은 이다음에 벌어졌습니다. 그 일이 있고 난 후 하정객잔을 찾는 손님들이 늘었습니다. 특히 숙박하는 사람들이요."

"호오."

석진호가 눈을 빛냈다.

어째서 갑자기 매출이 오른 것인지 그 이유를 알게 되었던 것이다.

"아무래도 다른 객잔에 비해 안전하다는 소문이 퍼진 것 같습니다. 다음 날부터 숙식하겠다고 찾아오는 손님들이 배로 늘었거든요."

"좋은 현상이네."

"근데 문제는 방이 부족하다는 점입니다."

"그건 어쩔 수 없지. 객실은 정해져 있으니까. 근데 오히려

무인환생

그게 더 좋을 것 같은데. 안달복달해야 장사가 더 잘되지 않
겠어?"

소하정에게 선물로 주려고 시작한 장사였지만 의외로 키
우는 재미가 있었다.

무공과는 다른 종류의 재미라고나 할까.

물론 제대로 할 생각은 눈곱만큼도 없었다.

처음부터 석진호의 목표는 대충, 편하게 사는 것이었다.

'그만큼 치열하게 살았으면 이제는 좀 느긋하게 살 때도 됐
지.'

남들은 목표가 없이 허송세월을 보낸다고 욕할지 모르지
만 그건 그의 삶을 살아 보지 못했기에 하는 말이었다.

아마 그처럼 계속해서 환생을 한다면 열에 아홉은 정신이
망가져 스스로 죽음을 택할 터였다.

'그러고 보면 내 정신력이 보통은 아니란 말이지. 아니, 목
표가 너무 확실해서 쉼 없이 달릴 수 있었던 건지도.'

갑자기 자화자찬으로 빠졌지만 어느 정도는 사실이기도
했다.

스스로 생각하기에 본인의 가장 큰 장점 중 하나가 정신력
이기도 했고.

단단한 정신력이 아니었다면 제정신을 유지하지도, 천하
제일인에 오르지도 못했을 터였다.

'조용히 사는 것도 나쁘지 않지. 은거하는 삶은 살아 보지

못하기도 했고.'

대충 살기로 마음먹었지만 그래도 목표가 없는 건 아니었다.

끊임없이 이어지는 환생에 대해서 그 어느 때보다 심도 깊게 고민하고 있었다.

이전까지는 천하제일인이 되는 게 목표였기에 환생에 대해 깊게 생각하지 않았지만 지금은 아니었다.

"저기, 관주님?"

"계속 얘기해. 듣고 있으니까."

"앞으로를 생각하면 규모를 좀 더 키워야 하지 않을까요? 다음 기수의 인원이 더 늘어날 수도 있고, 앞으로는 다른 곳에서도 관도를 받겠다고 하셨잖아요."

"규모라."

상념에서 빠져나온 석진호가 턱을 쓰다듬었다.

사실 이렇게 빨리 객실이 부족해질 줄은 몰랐기에 당혹스러운 것도 사실이었다.

하지만 이미 잘되고 있는 객잔을 허물고 다시 짓는 건 아무리 생각해도 손해였다.

"그 문제에 대해서 객잔주님도 고민이 많으신 것 같습니다."

"새로 사지 뭐."

"예?"

武人還生
무인환생

"돈이 없는 것도 아니고. 새로 사면 되잖아? 이번에는 더 큰 객잔으로."

정마륭이 두 눈을 껌뻑였다.

마치 그건 생각하지 못했다는 얼굴이었다.

"일할 사람이야 넘쳐 나니까. 소강이에게 들어 보니 하정객잔에서 일하고 싶어 하는 아이들이 많다며?"

"아무래도 다른 객잔에 비해 대우가 확연히 좋으니까요. 객잔주님이 일일이 다 신경 쓰고 계시기도 하고요."

"그러니 매물을 좀 알아봐. 하정객잔과 적당히 떨어져 있되 승천무관과 가까운 곳으로. 가격 흥정은 내가 할 테니까."

"알겠습니다."

똑똑똑.

보고를 마친 정마륭이 자리에서 일어나려고 할 때 누군가가 찾아왔다.

그러자 정마륭이 어정쩡하게 일어나며 문 쪽을 쳐다봤다.

"도련님, 저예요."

"들어와."

"역시 여기에 있었구나? 안 그래도 찾았었는데."

소하정이 웃으며 방 안으로 들어왔다.

그런데 그녀는 혼자가 아니었다.

줄줄이 땅콩처럼 탁윤과 채소강, 채소설 남매를 데리고 집무실로 들어왔다.

"그건?"

"도련님께서 잡아 주신 초대하(超大蝦)로 이것저것 요리를 해 봤어요. 다 같이 맛보고 특선 요리로 낼 만한 걸 골라 봐요."

소하정의 말이 끝나기 무섭게 세 사람은 하나씩 들고 있던 접시를 탁자에 내려놓았다.

각각 튀김, 볶음, 교자였는데 하나같이 맛있는 냄새를 풍겼다.

"조리법이 다 다르네요."

"찜이랑 구이는 먹어 봤으니까 다르게 요리해 봤어. 일단 보기에는 괜찮지?"

"예. 냄새도 장난 아닌데요."

정마룡이 군침을 흘렸다.

안 그래도 저녁 시간이 다가와 허기진 상태였는데 맛있는 음식이 놓이자 정마룡은 정신을 차리지 못했다.

"젓가락이랑 앞 접시도 가져왔어요. 자, 하나씩 받아."

가장 먼저 석진호를 챙겨 준 소하정은 다른 아이들에게도 젓가락과 앞 접시를 건넸다.

그러나 누구도 음식에 손을 대지는 않았다.

다들 무엇을 먹을지 고민했던 것이다.

"흠."

그리고 그건 석진호도 마찬가지였다.

하나같이 각기 다른 매력을 뽐내고 있었기에 석진호는 젓

武人還生
무인환생

가락을 쥐고서 진지하게 고민했다.

"식으면 맛없는 거 아시죠?"

"그럼 양념이 적은 것부터 먹어 볼까."

자고로 덜 자극적인 것부터 먹어야 음식의 맛을 오롯이 느낄 수 있기에 석진호는 가장 간이 약한 교자부터 하나 집었다.

그러자 기다렸다는 듯이 다들 젓가락을 움직였다.

모두 석진호가 음식을 집기를 기다렸던 것이다.

우물우물.

꼭꼭 씹어서 맛을 음미하는 석진호와 달리 탁윤과 정마룡, 채소강은 얼마 씹지도 않고 음식을 삼켰다.

하지만 그럼에도 반응은 석진호와 크게 다르지 않았다.

"맛있다……."

"역시 끝내줘! 이런 새우가 있다니!"

"정말 천상의 맛입니다!"

큼지막한 크기도 크기지만 쫄깃함이 보통의 새우와는 비교도 할 수 없었다.

게다가 더 중요한 점은 한입을 채우기 위해서는 대하도 대여섯 마리가 필요하지만 초대하라 명명한 이 새우는 그렇지 않다는 점이었다.

한 마리를 한입에 다 넣을 수도 없는 크기였기에 셋 다 황홀한 표정을 지었다.

"어떠세요?"

한입 먹기 무섭게 헤벌쭉 웃는 셋과 달리 소하정과 채소설은 짐짓 긴장한 눈으로 석진호를 쳐다봤다.

아무거나 잘 먹는 세 명과는 다르게 석진호는 미식가였다.

또한 간과 맛을 얼마나 잘 보는지 절대 미각이 아닐까 의심이 될 정도였기에 소하정은 긴장한 얼굴로 석진호의 대답을 기다렸다.

"나쁘지 않은데, 개인적으로 교자는 아닌 거 같아."

"맛이 별로인가요?"

"그건 아냐. 맛은 훌륭해. 근데 문제는 초대하가 다져서 들어간다는 점이야. 이러면 교자 속에 들어간 게 초대하인지, 대하인지, 아니면 그냥 새우인지 구분이 안 돼. 맛은 확실히 다르지만 이렇게 조리하면 나중에 논란의 여지가 생길 수 있어. 진상이 억지 부리기 딱 좋은 음식이랄까."

"아!"

소하정이 박수를 쳤다.

그 부분은 전혀 생각하지 못했었기에 그녀는 감탄스럽다는 눈으로 석진호를 쳐다봤다.

"음식은 맛도 중요하지만 눈으로 보는 재미도 필요하니까. 그럼 다음은 볶음."

큰 접시를 가득 채우고 있는 초대하 한 마리가 각종 채소와 함께 버무려져 있었다.

武人還生
무인환생

먹기 좋게 만들기 위해서는 잘라서 조리하는 게 맞았지만 소하정은 그러지 않았다.

큰 크기를 보여 주겠다는 듯이 통째로 채소와 함께 볶았는데 석진호는 그런 초대하를 젓가락으로 조금 잘라서 입에 넣었다.

첫입은 초대하만, 두 번째는 채소와 함께 버무려서 먹었다.

"볶음은 어때요?"

"이건 합격. 따로 할 말이 없네. 찐 거랑 구운 것도 맛있는데 볶음도 맛있어. 그럼 마지막은 튀김인가."

"양념을 강하게 했어요. 기름이라는 게 튀기다 보면 상태가 나빠지니까요. 좋은 기름을 사용하는 게 가장 좋지만 그래도 아침에 사용한 기름이랑 저녁에 사용한 기름은 다르니까요."

"그럼 저녁에 새로 사용하고 낮에 버리는 걸로 사용 방식을 바꾸는 것도 고려해 봐. 지금은 저녁 손님이 월등히 많으니까."

"정말 대단하세요. 저는 그런 생각은 하지도 못했는데……."

"별거 아냐. 단순한 발상의 전환일 뿐이니까. 더구나 유모는 장사가 처음이잖아. 서투를 수밖에 없지."

석진호가 대수롭지 않다는 투로 말했다.

하지만 집무실에 있던 누구도 그 말에 동의하지 않았다.

장사가 처음인 건 석진호도 마찬가지였기 때문이다.

"저는 개인적으로 튀김이 제일 맛있었습니다."

"저는 볶음요."

석진호가 맛을 볼 때 정마륭과 탁윤도 평가를 내렸다.

그러나 소하정은 석진호만 쳐다봤다.

두 사람의 의견은 의사 결정에 아무런 영향을 끼치지 못해
서였다.

"튀김은 팔 때 다른 곳과 방식을 좀 다르게 했으면 좋겠어.
양념을 그릇에 따라 덜어 주자. 찍어 먹을 수 있게."

"어?"

"튀김의 맛을 온전히 느끼고 싶은 사람도 있지 않을까? 오
래 놔두면 눅눅해지니까. 물론 그 맛을 좋아하는 사람도 있
겠지만 선택지를 주면 나는 재미있을 것 같은데. 설거지거리
가 늘어나기는 하겠지만 손님 입장에서는 좋을 것 같아."

"우와."

소하정과 마찬가지로 정마륭과 채소강, 채소설이 놀란 표
정을 지었다.

그들로서는 정말 생각지도 못한 부분이어서였다.

특히 채소설은 눈을 반짝이며 석진호를 쳐다봤다.

"관주님은 진짜 천재이신 거 같아요. 장사의 천재!"

"나름 석가장의 피가 섞여 있으니까."

"절대 미각!"

무인환생

이제는 제법 편해졌다고 채소설이 쌍엄지를 치켜세우며 감탄했다.

양념을 따로 내면 확실히 손님 입장에서는 재미있을 것 같아서였다.

하나를 주문했는데 두 가지 음식을 먹는 느낌도 들 것 같았고 말이다.

"판매를 시작하면 진짜 대박 날 것 같습니다!"

"근데 따라 하는 집도 있을 것 같아요."

"끽해야 대하 정도로 만들겠지. 근데 초대하는 구하지 못할 거야."

우려 섞인 말을 꺼내는 채소강을 쳐다보며 석진호가 자신만만하게 웃었다.

비슷한 음식을 따라 만들 수는 있겠지만 핵심 재료라 할 수 있는 초대하는 구하지 못할 게 분명해서였다.

심해에까지 그물을 던질 수는 있겠지만 문제는 초대하를 잡을 수 있다는 보장도 없을뿐더러 끌어 올리는 것조차 쉽지 않을 터였다.

"관주님 정도의 수공을 익힌 이는 없을 테니까요."

"천하를 뒤져 보면 있기야 있겠지. 근데 그런 실력자가 새우잡이를 할 리가 없지. 나도 백년자패 같은 영물 사냥이 아니면 들어갈 일이 없으니까."

"흐흐흐! 그래서 제가 대박을 확신한 것이지요. 이런 초대하를 구할 수 있는 건 관주님뿐이니까요."

정마륭이 히죽 웃으며 말했다.

그런데 그건 다른 이들도 마찬가지였다.

딱 한 명 소하정을 제외하고.

"근데 너무 번거롭게 만드는 것은 아닌지 모르겠어요."

"그래서 한 달에 한두 번 정도만 판매하려는 거잖아. 특선 요리라는 이름으로."

"하지만……."

"정 미안하면 새로운 음식을 만들어. 비법으로 만드는 특별한 음식을 말이지. 평범한 재료로 특별한 맛을 낼 수 있다면 그것만으로도 특선 요리가 될 수 있으니까."

계속 미안해하는 소하정을 달래며 석진호가 말했다.

초대하를 찾아냈다지만 그럼에도 요리 연구는 계속 이어져야 했다.

그래야 계속해서 성장할 수 있었다.

"꼭 찾아낼게요, 하정객잔만의 비법을!"

"혼자서만 끙끙대지는 말고. 발견은 의외의 곳에서 찾을 수도 있으니까."

"네!"

소하정을 다독여 준 석진호는 이제야 편하게 음식을 먹었다.

평가를 끝냈으니 순수하게 음식의 맛을 즐겼던 것이다.

무인환생

그늘 아래에서 석진호는 해변의 모래사장을 열심히 뛰어다니고 있는 관도들을 쳐다봤다.

단단한 땅과 달리 발이 푹푹 박히는 모래사장에서의 달리기는 체력을 몇 배나 더 빠르게 소모하게 만들었다.

더구나 수중 수련을 한 뒤에 달리는 것이라 관도들은 하나같이 땀을 뻘뻘 흘리며 모래사장 위를 달렸다.

"하나, 둘! 하나, 둘!"

그리고 그 선두에는 정마룡과 탁윤이 있었다.

관도들에게 체력 괴물이라 불리는 둘의 선창에 따라 달리던 관도들이 악을 쓰듯 후창했다.

"하나, 둘! 하나, 둘!"

"착실하게 강해지고 있네."

처음의 형편없던 체력이 이제는 제법 쓸 만한 수준까지 올라온 모습에 석진호는 고개를 주억거렸다.

물론 아직 만족스러운 수준은 아니지만 남은 시간을 생각하면 충분히 목표치까지는 닿을 것 같았다.

게다가 자세 역시 하루가 다르게 나아지고 있었다.

두들겨 맞다 보니 최대한의 효율을 찾아갔던 것이다.

"처음 뵙겠습니다, 승천무관주님."

한가하게 관도들의 체력 훈련을 지켜보던 석진호의 곁으

로 일노일녀가 다가왔다.

앉아 있는 석진호를 향해 지극히 공손하게 인사해 왔던 것이다.

"시간 약속은 잘 지키네."

"약속의 기본이지 않습니까."

"굳이 이렇게까지 찾아올 필요는 없는데 말이지."

"앞으로 자주 보게 될 텐데 인사를 드리는 게 맞다고 생각해서요. 아니, 사실 좀 늦은 감이 있지요."

평소와 달리 면사를 푼 여인이 죄송하다는 듯이 다시 한번 허리를 숙였다.

그로 인해 가뜩이나 깊게 파여 있던 가슴골이 훤히 드러났지만 정작 석진호의 시선은 그녀에게 향해 있지 않았다.

"그쪽하고 자주 볼 일은 없을 것 같은데. 업종이 좀 다르잖아?"

"맞습니다. 접점이라고 할 게 없지요. 하지만 앞으로는 달라질지도 모르잖아요. 술을 드시고 싶을 때가 있으실 테고요."

"나는 집에서 마시는 걸 좋아해서. 여자 끼고 마시는 건 딱히 좋아하지 않아."

"취향이라는 게 변하기 마련이라고 알고 있습니다. 솔직히 말씀드려서 관주님의 급에 맞는 아이가 있을까 싶기도 하고요."

무인환생

여인이 진심으로 아쉽다는 표정을 지었다.

그러면서 자신이라도 괜찮다면 언제든지 모시겠다는 눈빛을 보내오자 석진호는 결국 손을 휘저을 수밖에 없었다.

괜히 여인을 쳐다봤다고 생각하면서 말이다.

"더불어 저는 관주님과 오랫동안 좋은 관계를 이어 가고 싶습니다."

"지금처럼만 살아가면 우리가 안 좋게 마주치는 일은 없을 거야."

"지난번과 같은 불미스러운 일은 절대 없을 것입니다. 저뿐만 아니라 다른 곳들도 같은 생각입니다."

"그래야지. 싹 다 쓸려 나가기 싫으면."

무덤덤한 말이었지만 그렇기에 여인과 노인에게는 더더욱 섬뜩하게 다가왔다.

명분만 있다면 거리낌 없이 죽여 버리겠다는 소리로 들려서였다.

"……다들 그 부분에 대해서는 잘 인지하고 있습니다. 절대 경거망동하는 일은 없을 거예요."

"말처럼 그렇게 되면 참 좋은데, 인간은 망각의 동물이라서 말이지. 더욱이 흑도 무리는 이성보다는 본능에 충실한 녀석들이라 뒈질 줄 알면서도 미친 짓을 가끔씩 한단 말이야."

"절대 그런 일이 벌어지지 않도록 조심하겠습니다."

"일어나도 상관없어. 애초에 기대를 안 하거든. 족족 밟아

버리면 될 일이기도 하고."

여인은 물론이고 노인도 몸을 떨었다.

지금 이 말이 농담이 아님을 알 수 있어서였다.

동시에 석진호가 흑도 무리를 어떻게 생각하는지도 알 수 있었다.

"오늘 관주님을 찾아뵌 건 정식으로 인사를 드리고 싶어서이기도 하지만 개인적으로 궁금한 게 하나 있어서입니다. 실례가 안 된다면 여쭈어도 될까요?"

"말해."

뜨거운 햇살 아래에서 헉헉대며 뛰고 있는 관도들을 주시하며 석진호가 심드렁하게 대답했다.

귀찮다는 기색이 완연했지만 아쉬운 쪽은 누가 뭐래도 그녀였다.

그렇기에 여인은 조심스럽게 말을 이었다.

"신입 관도는 언제쯤 받으실 생각인가요?"

"당분간은 생각 없어. 저 녀석들 가르치는 것도 살짝 버거운 상태라."

"그렇습니까."

애매모호한 대답이었지만 여인은 석진호의 뜻을 알아차렸다.

에둘러 거절한 것임을 알아차린 것이다.

그러나 여인은 미소를 거두지 않았다.

무인환생

애초에 쉽게 성사될 거라 생각하지도 않았고, 안면을 튼 것만으로도 이번 만남은 성공적이었다.

'조금씩 천천히 다가가면 돼. 가랑비에 옷 젖는 것처럼.'

여인은 자신이 있었다.

자고로 영웅은 호색이라고 했다.

남자치고 여자 싫어하는 이는 특이 취향 빼고는 없었다.

게다가 표적은 석진호뿐만이 아니었다.

'단번에 정상에 오르는 게 가장 좋지만, 단계를 밟고 가는 것도 나쁘진 않지.'

여인의 시선이 선두에서 구보하고 있는 두 사람에게로 향했다.

석진호의 최측근이라고 할 수 있는 탁윤과 정마룡에게로 말이다.

특히 여인은 정마룡을 유독 길게 응시했다.

"관주님의 시간을 많이 빼앗는 것도 예의는 아니니 오늘은 이만 물러나 보겠습니다. 다음에 인사드릴 때까지 강녕하시길."

"그쪽도."

"제 도움이 필요한 일이 생기시면 언제라도 초화루를 찾아 주세요."

나긋한 목소리로 허리를 꾸벅 숙여 인사한 여인이 몸을 돌렸다.

그런 그녀의 입가에는 의미심장한 미소가 맺혀 있었다.

평소와 달리 석진호는 일과를 마치고 하정객잔을 찾았다.

승천무관 사람들을 모두 이끌고 하정객잔을 방문했던 것이다.

"미리 자리를 준비해 두었습니다."

"잘했다."

"헤헤! 이 정도야 기본이죠!"

이 층의 가장 좋은 창가 쪽 자리를 빼 놓은 점소이에게 석진호가 칭찬했다.

물론 말로만 끝내진 않았다.

은자 하나를 꺼내 점소이의 손에 쥐여 주었다.

"넣어 둬. 오늘 왔다 갔다 많이 할 텐데."

"아, 안 주셔도 되는데."

"그럼 돌려받을까?"

"헉!"

농담이 진담처럼 들린 모양인지 점소이가 화들짝 놀라며 반사적으로 손에 쥐인 은자를 가슴께로 가져갔다.

어떻게든 손안에 들어온 은자를 사수하겠다는 의지가 서린 행동에 석진호는 실소를 흘렸다.

무인환생

"농담이야. 설마하니 내가 줬다 뺏을까. 나 그렇게 잔인한 놈 아니다."

"가, 감사합니다!"

"음식 나오기 전에 가볍게 먹을 것부터 내와."

"옙!"

오늘 공개할 특선 요리가 나올 때까지는 시간이 좀 남았기에 석진호는 입가심으로 먹을 요리들을 시켰다.

걸신처럼 먹는 두 사람을 생각해서 주문한 것이었다.

"기대돼요, 도련님."

"반응은 걱정하지 마. 대박은 확실하니까. 오히려 수량 때문에 난리가 날걸."

"근데 양이 너무 적은 게 아닐까요?"

"그래야 더 안달복달하지. 정해진 수량이 있어야 어떻게든 먹으려고 하지 않겠어?"

석진호가 자신만만하게 말했다.

남녀노소 누구도 싫어할 수 없는 맛이었기에 석진호는 조금도 걱정하지 않았다.

"저도 같은 생각이에요. 그렇게 맛있는데 반응이 안 좋을 수가 없어요. 대신 가격대가 좀 높기는 하지만 쉽게 먹을 수 없는 식재료인 만큼 비싼 건 당연하다고 봐요."

"돈이 있어도 맛볼 수 없는 식재료이니까요."

"맞아. 하정객잔에서만 먹을 수 있는 음식이지."

채소강의 맞장구에 정마릉이 우쭐대듯 말했다.

먼저 먹어 본 사람으로서 반하지 않을 수가 없는 맛이었기에 대박은 따 놓은 당상이었다.

오히려 걱정하는 소하정이 정마릉은 이해되지 않을 정도였다.

"취향이라는 게 다 다르니까. 게다가 손맛도 무시 못 하고."

"숙수랑 주방 보조 애들이 열심히 배웠잖아요. 일단 먹어 봐요. 부족한 부분은 객잔주님께서 채워 주시면 되죠."

"후우, 아는데 긴장되네. 내가 만든 요리가 처음으로 선을 보여서 그런가."

"요리 나왔습니다!"

그 어느 때보다 긴장한 모습을 보일 때 간단하게 입가심용으로 나온 요리가 탁자에 올라왔다.

교자와 가볍게 먹을 수 있는 채소볶음이었는데 양이 제법 많았다.

아무래도 석진호 일행이 왔다고 하자 푸짐하게 만든 것 같았다.

"특선 요리?"

"한 달에 한두 번밖에 먹을 수 없는 요리라고?"

"근데 설명이 너무 부족한 거 아냐?"

"어이! 특선 요리가 뭐야? 가격은 왜 이리 비싸고?"

입가심용으로 나온 음식을 먹고 있을 때 일 층에서 특선 요리에 대해 물어보는 손님들이 하나둘 나타났다.

하지만 대부분이 물어보기만 할 뿐 주문하는 이는 별로 없었다.

아무래도 다른 음식들에 비해 비싼 가격대 때문에 주저하는 듯했다.

"여기 특선 요리 하나!"

"우리도 하나 줘!"

"여기! 여기도 하나 주문하마!"

그때 익숙한 음성이 일행의 귀로 들려왔다.

바로 석풍표국의 표사들이었다.

소하정이 객관적인 반응을 조사하기 위해 가끔 초대하를 요리해 주었었기에 그들은 망설이지 않고 주문했다.

지금이 아니면 앞으로는 더욱 먹기가 힘들어질 것을 알기에 관도들은 자리에 앉자마자 주문부터 했다.

"뭐야? 뭔가 아는 거라도 있나?"

"일단 지켜보자. 나온 걸 본 다음에 주문해도 늦지 않으니까."

서슴없이 주문하는 관도들의 모습에 손님들의 궁금증이 더욱 짙어졌다.

그러나 따라서 주문하는 이들은 없었다.

"음식 나왔습니다!"

그때 이 층으로 첫 번째 특선 요리가 모습을 드러냈다.

석진호가 가장 마음에 들어 했던 초대하볶음이 나타났던 것이다.

동시에 이 층에 있던 손님들의 눈이 하나같이 화등잔만 하게 커졌다.

"저, 저게 뭐야?"

"미친! 저런 새우가 있었다고?"

"뭐야? 왜 그래? 왜 난리야?"

경악한 이들이 소리를 지르자 일 층에 있던 사람들이 귀를 쫑긋거렸다.

하지만 일 층에 있었기에 접시와 일렁이는 김만 보일 뿐 음식은 볼 수 없었다.

그래서 더욱 궁금한 표정을 지었다.

"슬슬 우리가 주문한 것도 나오겠네."

"오늘은 볶음인가 보네, 냄새가."

"볶음도 끝내주지. 근데 나는 튀김도 맛있던데. 그냥 먹어도 맛있고, 양념에 찍어 먹어도 맛있고."

"확실히 튀김은 골라 먹는 재미가 있지."

보지 않아도 냄새만으로 어떤 조리법을 사용했는지 알아차린 관도들이 고개를 주억거렸다.

역시나 기대를 저버리지 않는 냄새에 다들 군침을 삼켰다.

"조금 비싸기는 하지만 자주 먹을 수 있는 음식이 아니니

무인환생

까."

"근데 맛을 보면 비싸다는 생각이 안 들어. 지금은 주머니 사정이 안 좋지만 일을 하면 자주 못 먹을 음식은 아니고."

"특선 요리도 숙식에 포함되어 있었으면 정말 좋았을 텐데."

"양심 좀 있어라."

위승척이 혀를 찼다.

공짜를 바라는 모습에 어이가 없었던 것이다.

"형님도 주면 고맙습니다 하고 드실 거잖아요."

"너 같으면 안 그러겠냐?"

"당연히 넙죽 엎드려야죠, 하핫!"

능글맞은 동생의 대답에 위승척이 피식 웃고는 다가오는 점소이를 쳐다봤다.

어느새 그들의 차례가 되었던 것이다.

"우, 우와!"

"진짜 저게 새우라고?"

"대하보다 훨씬 큰 거 같은데?"

조금 전 이 층에서의 반응과 똑같은 반응이 일 층에서도 나왔다.

하나같이 믿기지 않는다는 표정을 지었는데, 위승척은 그런 그들의 반응을 충분히 이해할 수 있었다.

그 역시 처음 초대하를 봤을 때 저들과 같은 표정이었다.

"음식 나왔습니다!"

"고맙다."

"맛있게 드세요!"

"그래그래."

점소이가 방긋 웃으며 그릇을 내려놓기 무섭게 네 개의 젓가락이 날아들었다.

바로 친구와 동생들의 젓가락이었다.

하지만 가장 먼저 초대하에 닿은 건 위승척이었다.

"역시 이 맛이지!"

"으음!"

기대를 저버리지 않는 초대하볶음에 여기저기에서 감탄사가 터져 나왔다.

그 모습에 간을 보던 손님들이 하나둘 특선 요리를 주문했다.

하지만 주문에 성공한 사람은 얼마 없었다.

수량이 한정되어 있기에 딱 준비된 만큼만 팔았던 것이다.

"허어!"

"끝내준다!"

운 좋게 주문에 성공한 이들은 연신 탄성을 터트렸다.

그 정도로 맛이 특별했던 것이다.

괜히 한정적으로만 파는 음식이 아니라는 듯이 여기저기에서 나오는 감탄사에, 주문을 하지 못한 이들이 입맛을 다

武人還生
무인환생

셨다.

그러면서 다음번에는 반드시 맛보리라고 다짐했다.

"이건 무조건 먹어야겠다."

"아까 전에 점소이들끼리 대화하는 걸 들었는데 예약제로 팔 수도 있다는데?"

"그럼 무조건 예약 걸어 둬야겠다. 이건 맛의 신기원이야. 먹을 수 있을 때 무조건 먹어야 해!"

"비싼데 비싼 값을 해. 이건 돈이 안 아까워."

"여기서 더 오르지만 않았으면 좋겠는데."

초대하를 맛본 이들이 우려 섞인 눈으로 주방을 쳐다봤다.

맛보기 전에는 비싸다는 생각부터 들었는데 지금은 아니었다.

이런 음식이라면 돈이 아깝지 않았다.

오히려 지금보다 더 비싸더라도 사 먹을 의향이 있었다.

"나도. 여기서 조금 더 오르는 건 괜찮지만 가격이 두 배로 뛰면 부담스러워."

"하정객잔이 지금까지 장사한 걸 보면 오르지는 않을 것 같은데, 안 올라도 문제야. 경쟁이 심할 것 같거든."

중년인이 초대하볶음을 먹은 이들을 힐긋거렸다.

그런데 역시나 반응이 그들과 비슷했다.

다들 감탄하면서도 걱정스러운 표정을 지었던 것이다.

"특선 요리가 나오는 날마다 전쟁이 벌어지겠어."

"맛있는 걸 먹어서 기분이 좋긴 한데, 동시에 시름도 얻었어."

"그러니까."

한편 이 층에서 손님들의 반응을 보던 소하정은 안도의 한숨을 내쉬었다.

다행히 반응이 나쁘지 않은 것 같아서였다.

특히 가격에 대해서 고민이 많았었는데 비싸다는 말은 있었어도 돈이 아깝다는 말은 없었기에 소하정은 몰래 고개를 주억거렸다.

"거봐, 대박 날 거라고 했잖아. 먹어 본 사람들이 다 맛있다고 하는데 뭘 걱정해."

"그래도 걱정이 될 수밖에 없죠. 사람 입맛은 다 다르니까요. 게다가 제가 처음 개발한 새로운 음식이기도 하고요. 물론 도련님의 덕이 절반 이상이지만요."

"나에게도 이득이니까 팔자고 한 거야. 난 하나로 만족할 생각이 없거든."

"가게가 많아질수록 감당하기 힘들지 않을까요?"

소하정이 걱정스러운 표정을 지었다.

지금이야 객잔이 하나뿐이니 얼마 안 잡아도 된다지만 앞으로는 달랐다.

벌써 새로운 객잔을 찾아보고 있기에 그녀는 우려가 되었

무인환생

다.

"방법을 찾아봐야지. 정 안되면 특선 요리가 나오는 기간을 조정해야지."

"제가 빨리 새로운 음식을 개발할게요."

"알고 있겠지만 다른 곳에서 따라 할 수 없게 만들어야 해. 어느 정도 모방은 할 수 있겠지만 맛에서 확실하게 차이가 나게."

"네!"

"그럼 우리도 이제 편하게 먹자. 윤이랑 소강이는 먹고 싶은 거 맘껏 시키고."

소하정을 다독여 준 석진호는 바삐 움직이는 점소이를 불렀다.

추가로 주문을 하기 위해서였다.

이윽고 일행의 탁자로 각종 음식들이 잔뜩 올라오기 시작했다.

"소설이도 고생 많았어."

"아, 아니에요."

"유모랑 같이 새로운 음식 개발한다고 고생한 거 다 알아. 그러니까 오늘은 먹고 싶은 거 다 먹어. 돈은 걱정하지 말고."

"감사합니다."

따로 노고를 치하해 주는 석진호의 말에 채소설이 부끄러운 듯이 고개를 숙이며 얼굴을 붉혔다.

하지만 입가에는 미소가 맺혀 있었다.

자신의 노력을 알아주니 기뻤던 것이다.

스윽.

그때 그녀의 손등에 굳은살로 꺼끌꺼끌한 손이 올라왔다.

바로 소하정의 손이었다.

이 세상에서 가장 따뜻한 온기를 지닌 손에 채소설의 미소가 더욱 짙어졌다.

쾅앙!

황화현의 사방로에 무려 다섯 개나 되는 객잔을 가지고 있는 왕하일이 거칠게 탁자를 내리찍었다.

그러자 앞에 있던 수족이 퍼뜩 놀라며 움찔거렸다.

"어째서! 왜 초대하를 구하지 못하는 거야!"

"그, 그것이, 황화현에서 제일가는 어부에게 물어봤는데 어디서 서식하는지도 모른다고 합니다."

"모른다고 하면 다야? 어디서 잡았는지 어떻게든 알아 와야 할 거 아냐!"

왕하일의 노성에 중년인이 눈을 질끈 감았다.

그러면서 속으로 욕이란 욕은 죄다 쏟아부었다.

말처럼 쉬웠으면 진즉에 알아냈을 터였다.

武人還生
무인환생

하지만 문제는, 알아보려고 해도 알아낼 방도가 없다는 점이었다.

'내가 찾아가서 물어보면 잘도 알려 주겠다!'

마음 같아서는 당장 욕지거리를 내뱉고 싶었지만 그랬다가는 그를 비롯한 온 가족이 황화현을 떠야 했다.

그렇기에 중년인은 참고 또 참았다.

왕하일의 노기가 잠잠해질 때까지.

"후우! 후욱! 지금 매상이 얼마나 떨어졌는지 알고 있지?"

"예에."

"그 이유가 초대하인 것도."

"예."

"하면 어떻게 해야겠어?"

왕하일이 싸늘한 눈으로 중년인을 쳐다봤다.

부담스럽기 그지없는 눈빛으로 그를 쏘아봤던 것이다.

그러나 아무리 머리를 굴려도 왕하일을 만족시킬 만한 대답이 떠오르지 않았다.

"자, 잘 모르겠습니다."

"어이구, 두야! 내가 이런 놈을 데리고 장사를 해 왔다니!"

왕하일이 속 터진다는 듯이 가슴을 탕탕 두드렸다.

그러더니 이내 중년인을 죽일 듯이 노려봤다.

"몰래 미행을 해서라도 알아내야 할 거 아냐! 머리가 그렇게 안 굴러가!"

콰앙!

왕하일이 다시 한번 탁자를 주먹으로 내려찍었다.

하지만 그 말에도 중년인은 꼼짝도 하지 않았다.

왜냐하면 상대가 다름 아닌 석진호였기 때문이다.

"저, 저는 못 해요. 저만 바라보는 처자식이 있는데 승천무 관주를 미행하라니요."

중년인이 울상을 지었다.

자신을 건드렸다는 이유만으로 하룻밤에 백 명이 넘는 사람을 모조리 죽여 버린 게 석진호였다.

물론 청부 살인을 했기에 명분이 있었다고 하지만 중요한 것은 손 속이었다.

석진호는 그와 관련된 누구도 살려 두지 않았고, 그때의 일은 여전히 뒷골목은 물론이고 황화현에서 회자되고 있었다.

"끄응!"

그 사실을 왕하일 역시 모르지 않았기에 앓는 소리를 냈다.

답답한 마음에 소리를 질렀지만 그도 알고 있었다.

석진호가 얼마나 냉혹 무정한 성격인지 말이다.

그래서 왕 대인이라 불리며 황화현에서 나름 큰손으로 인정받는 그조차도 섣불리 손을 쓰지 못했다.

"차라리 이렇게 하는 건 어떻습니까?"

무인환생

이러지도 저러지도 못하는 진퇴양난의 상황에서 아픈 머리만 손가락으로 꾹꾹 누르고 있을 때 중년인이 조심스럽게 입을 열었다.

미행하거나 캐물을 수는 없지만 방법이 그것뿐인 건 아니었다.

"좋은 생각이라도 떠올랐느냐?"

"굳이 승천무관주를 통할 필요는 없지 않겠습니까. 조리법이라든지 손질법에 대해서도 알아볼 필요가 있고요."

"호오."

왕하일이 솔깃한 표정을 지었다.

관점을 달리 두자는 말에 혹한 것이었다.

그런데 그게 꽤나 그럴듯하게 들렸다.

"어르신이 저에게 늘 말씀하셨지 않습니까. 아랫것들의 충성심은 딱 주는 만큼의 돈 정도라고. 지금 받고 있는 월봉의 두 배를 제시하면 누구라도 자리를 털고 나온다고요."

"그랬었지."

왕하일의 입가에 음흉한 미소가 맺혔다.

그러면서 새삼스러운 눈으로 중년인을 쳐다봤다.

늘 써 왔던 방법을 이런 식으로 활용할 줄은 몰랐기에 그는 조금 놀란 표정을 지었다.

"겸사겸사 하정객잔에 타격도 주고요."

"넉넉히 쥐여 준 다음에 다른 곳으로 떠나게 만들면 아주

깔끔하지."

"그렇습니다."

왕하일이 턱을 쓰다듬었다.

야반도주를 시킨다면 흔적은 말 그대로 감쪽같이 사라진다.

물론 만약의 상황이 벌어질 수도 있겠지만 그 부분에 대해서 왕하일은 걱정하지 않았다.

늘 그렇듯이 중간 연결책을 끊어 버리면 되었다.

"아주 좋아. 바로 실행해."

"알겠습니다."

"대신 다른 때보다 더욱 조심스럽게 하도록. 절대 흔적이 남아서는 안 돼. 왜 그래야 하는지는 네가 가장 잘 알겠지."

"물론입니다."

중년인의 안색이 해쓱하게 변했다.

석진호가 소하정을 얼마나 챙기는지 아는 만큼 이번 일은 더욱더 철두철미하게 진행해야 했다.

조금의 흔적도 남지 않도록 말이다.

자신과 가족의 안위를 지키기 위해서는 완벽이라는 두 글자가 필요했다.

"가 봐. 다른 놈들이 움직이기 전에 우리가 먼저 움직여야해."

"예!"

왕하일의 독촉에 중년인이 황급히 일어나서는 밖으로 나갔다.

그런데 그의 뒷모습을 쳐다보는 왕하일의 표정이 의미심장했다.

✤

오늘도 어김없이 수중 훈련을 하는 관도들을 둘러보던 석진호의 눈이 먼바다로 향했다.

요즘 들어 이상하게 이 근처에 배가 많아진 느낌이었다.

게다가 바다 멀리 나가는 배들도 상당했다.

"초대하 때문에 다들 난리도 아니에요."

"혹시 저게 다 초대하를 구하려는 배들인가?"

"맞아요. 주변 객잔이랑 객점에서 다들 난리라고 하더라고요. 초대하를 구하려고."

"못 구할 텐데."

석진호가 피식 웃었다.

평범한 양민이 초대하를 잡는 건 불가능에 가까워서였다.

수공의 달인이 어부로 직업을 바꾸지 않는 한 초대하를 잡을 방도는 없었다.

"다들 이런저런 방법을 시도해 보는 것 같더라고요. 포기하기에는 너무 대박 음식이니까요."

"그럴 테지. 하정객잔에서 팔고 있으니 자신들도 구할 수 있을 거라고 생각했겠지."

석진호는 어깨를 으쓱거렸다.

어떤 심리인지 충분히 짐작이 갔던 것이다.

하지만 다른 사람이 할 수 있다고 해서 자신도 할 수 있는 건 아니었다.

그렇다면 장인이라든지, 달인이라는 말은 애초부터 없었을 터였다.

"대하로 비슷하게 요리하는 곳도 있더라고요."

"그건 어디서 들었어?"

"객잔에서 일하는 아이들도 말해 주고, 시전 사람들도 알려 주더라고요. 근데 다들 하나같이 하는 말이 아류라고 해요. 초대하 특유의 단맛과 감칠맛은 전혀 안 난다고요."

"당연하지."

석진호가 자부심 가득한 표정을 지었다.

애초에 초대하를 선택한 게 함부로 따라 하지 못하도록 하기 위해서였다.

물론 대부분의 사람들은 운 좋게 초대하의 서식지를 발견해서 독점하고 있다고 생각하지만 그게 착각이라는 깨닫는 데까지는 그리 오랜 시간이 걸리지 않을 터였다.

'서식지가 있기는 하지, 심해에. 근데 거기까지 내려갈 낚싯줄과 그물이 있을지 모르겠네.'

武人還生
무인환생

주변 바다를 이 잡듯이 뒤지고 있는 배들을 쳐다보며 석진호가 히죽 웃었다.

얼마 안 가 다들 때려치울 게 분명해서였다.

"그래서 말인데요."

"무슨 말을 하려고 그렇게 뜸을 들여?"

"저희도 도와드리고 싶습니다."

"뭘?"

"초대하 잡는 거요."

탁윤과 함께 다가왔던 정마룡이 조심스럽게 운을 뗐다.

너무 석진호만 고생하는 것 같아서였다.

가뜩이나 자신들 가르치랴, 관도를 훈련시키랴 정신없는데 거기에 초대하까지 신경 써야 했다.

그렇기에 정마룡은 석진호의 짐을 조금 덜어 주고 싶었다.

"마음은 고마운데 심해에까지 내려가는 건 보통 일이 아냐. 단순히 수공을 배운다고 해서 할 수 있는 게 아니야."

"지금 당장은 어려워도 숙련도가 쌓이면 가능하지 않을까요?"

"호흡도 호흡이지만 수압이 엄청나. 보통의 몸으로는 견디기 힘들어. 무공으로 단련된 몸이 범인보다 튼튼하다고 하지만 그건 말 그대로 좀 더 튼튼할 뿐이야."

"그 정도인가요?"

"응."

석진호가 단호하게 말했다.

호신강기를 펼칠 정도라면 모르겠으나 현재 정마룡의 몸으로는 얼마 내려가지도 못할 터였다.

게다가 수공은 기본적으로 물에 익숙한 체질이어야 했다.

"저는 가능하지 않을까요?"

"흠, 확실히."

그때 지금껏 조용히 있던 탁윤이 입을 열었다.

뜨거운 뙤약볕을 매일같이 받아서 그런지 더욱 새카맣게 탄 탁윤의 얼굴을 보며 석진호는 턱을 쓰다듬었다.

정마룡과 달리 탁윤은 애초부터 강골로 태어났기에 육신은 두말할 필요가 없었다.

거기다 외공까지 익혔기에 정마룡과는 감히 비교할 수 없었다.

"저는 안 되고 윤이는 되는 겁니까……."

"아니. 가르치기는 할 거야. 수공을 익혀 두면 의외로 쓸모가 많으니까. 고수인데 수영을 못 해서 죽는 이들도 꽤 많거든."

"정말요?"

"응. 수영을 배워도 물에 가라앉는 특이체질도 있고. 수공을 익혀서 나쁠 건 없지. 앞으로 꼭 초대하만 필요한 건 아니니까."

정마룡이 눈을 빛냈다.

탁윤만큼은 아니더라도 자신 역시 도움이 될 것 같아서였다.

"제가 초대하에 버금가는 특별한 녀석을 반드시 찾아내겠습니다!"

"문제는 네가 구할 수 있는 건 여기 있는 어부들도 구할 수 있다는 거지. 저렇게 뒤지니 서식지를 찾는 건 금방이고. 그렇다고 땅처럼 바다를 살 수는 없잖아?"

"그, 그렇죠."

"일단 확인부터 하자. 수중 훈련이랑 똑같이 생각하지 말고. 일단 잠수 좀 해 봐. 수영이야 개헤엄은 칠 줄 알 테니."

석진호의 지시에 탁윤과 정마룡이 잠수하며 주변을 돌아다녔다.

호흡을 참고서 얼마나 움직일 수 있는지 스스로 확인하려는 것이었다.

어푸어푸!

그런데 얼마 안 가 한 명이 수면 위로 솟구쳤다.

예상했던 대로 정마룡이 먼저 호흡이 다해 올라왔던 것이다.

"헤헤! 이 정도면 나쁘지 않죠?"

"아니, 평균 이하. 너 물질 한 번도 안 해 봤지?"

"제가 산골 마을 출신이라……."

정마룡이 어색하게 웃으며 뒷머리를 긁었다.

하지만 그런 정마룡의 대답에도 석진호는 실망하지 않았

다.

애초에 크게 기대하지 않아서였다.

"윤이는 가능성이 있겠네."

의외로 능숙하게 바닷속을 가로지르는 탁윤의 모습에 석진호는 고개를 주억거렸다.

잘하면 초대하잡이는 탁윤에게 넘겨도 될 것 같아서였다.

"금방 따라잡을 수 있습니다!"

"뭐, 언젠가는 그럴 수도 있겠지?"

무공에 이어 수공에서도 격차가 크게 나자 정마륭의 두 눈이 이글이글 불타올랐다.

열등감에서 시작된 불꽃이 호승심으로 화했던 것이다.

그리고 그게 정마륭을 지금처럼 성장시킨 원동력이기도 했다.

"실망시켜 드리지 않겠습니다!"

"난 지금껏 너에게 실망한 적 없다. 그러니 그런 말은 그만하고."

"저, 정말요?"

"응. 애초에 기대를 크게 안 했거든. 그러니 실망할 이유가 없지."

"그런 이유였습니까……."

살짝 감동했던 정마륭의 얼굴이 순식간에 시무룩해졌다.

역시나 석진호는 석진호였다.

무인환생

"지금도 충분히 잘하고 있으니 무리하지 마라. 네가 못하는 걸 윤이는 잘하지만 대신 윤이가 못하는 걸 네가 잘하잖아. 서로 부족한 부분을 채워 준다고 생각해. 우리는 가족이잖아."

"예……!"

"호승심은 좋지만 질투까지는 가지 마."

"알겠습니다."

석진호는 정마룡의 어깨를 두드려 주었다.

왜 자격지심을 갖는지 모르지 않지만 그래도 정마룡 역시 그의 사람이었다.

이제는 탁윤만큼이나 믿을 수 있는 존재였고.

하정객잔으로 한달음에 달려온 소하정이 주방에 들어와 망연자실한 표정을 지었다.

전해들은 대로 숙수의 흔적이 조금도 남아 있지 않은 주방의 모습에 소하정은 멍한 얼굴로 화구만 쳐다봤다.

그리고 그 곁에서 세 명의 주방 보조들이 어쩔 줄을 몰라 하는 표정을 지었다.

"가족들까지 다 사라졌다고요?"

"응. 야반도주한 것 같아. 아침에 나오질 않아서 집에 직접 찾아갔는데 도망이라도 친 것처럼 집이 엉망이었어."

주방 보조 중 가장 연장자인 장육의 말에 채소설이 어처구니없다는 표정을 지었다.

하지만 그런 기색은 잠시뿐이었다.

이내 그녀는 걱정스러운 눈으로 소하정에게 다가갔다.

"객잔주님……."

"……."

아직도 믿을 수 없다는 표정으로 멍하니 서 있는 소하정의 손을 채소설이 조심스럽게 붙잡았다.

그러나 그녀의 목소리에도 소하정은 대답이 없었다.

냐아옹.

채소설과 마찬가지로 흑휘 역시 소하정이 평소와 다르다는 걸 눈치챈 모양인지 지금껏 부리지 않았던 애교를 부렸다.

하지만 아무리 다리에 몸을 비비고 머리를 부딪쳐도 소하정은 반응이 없었다.

"이건 음모야."

"우리도 그렇게 생각해. 분명 누군가의 사주를 받고 튄 거야."

호위 무사로서 소하정과 함께 하정객잔에 온 채소강이 핏발 선 눈으로 이를 갈며 말했다.

암만 봐도 계획적인 도주라고밖에는 생각되지 않아서였다.

그런데 더 열 받는 건 배후에 누가 있는지 알 수 없다는 점이었다.

"난리 났다며?"

"관주님!"

모두가 어찌할 줄을 몰라 하고 있을 때 석진호가 모습을 드러냈다.

하정객잔의 소식을 듣고 찾아온 것이다.

"도련님……."

동시에 멍하니 허공만 응시하던 소하정이 울먹거리며 석진호에게 다가왔다.

그런 그녀를 석진호는 꼭 안아 주었다.

소하정이 얼마나 충격받았을지 너무나 잘 알았기에 석진호는 위로의 말 대신 품을 내주었다.

"흑흑!"

이윽고 품에 안긴 소하정이 울음을 터트리자 석진호는 부드럽게 그녀의 등을 쓸어 주었다.

그러고는 매서운 눈으로 주방 보조들을 쳐다봤다.

"야반도주했다며?"

"예, 예!"

"어제 별다른 낌새는 없었어?"

"평소와 똑같았습니다."

주방에서의 서열 두 번째이자 평소에 숙수와 죽이 척척 맞던 장육이 바짝 긴장한 모습으로 대답했다.

괜히 자신에게 불똥이 튈까 걱정하는 모습이었다.

"숙수를 찾아온 사람은? 개인적으로 그놈을 찾아온 이들이 꽤 많다고 들었는데."

"그게, 사방로에서 객잔을 가지고 계신 분들은 거의 다 찾아왔습니다."

"너희에게도 따로 찾아왔고 말이지."

"저는 아닙니다! 저는 바로 거절했습니다!"

제28장 이런 걸 바라진 않았는데

　장육을 비롯해서 나머지 두 명의 주방 보조들도 황급히 손사래를 쳤다.

　비법을 알려 달라고 접근한 이들은 꽤나 많았지만 셋 다 그 유혹에 넘어가지 않았다.

　아니, 딱히 아는 게 없는 게 사실이었다.

　숙수 역시 마찬가지였고 말이다.

　"찔리는 게 있었다면 똑같이 야반도주했겠지."

　"사실 아는 것도 별로 없어서요."

　"장육이라 했던가?"

　"예!"

　하소연하듯 중얼거리던 장육이 퍼뜩 놀라며 대답했다.

그러나 석진호는 잠시 딴생각을 한 그를 나무라지 않았다.

대신 생각지도 못한 걸 물었다.

"얼마나 할 수 있어?"

"무, 무엇을 말씀이십니까?"

"우리가 파는 음식들 말이야. 차림표에 있는 거 어디까지 만들 수 있냐고."

"웬만한 건 다 할 줄 압니다. 숙수가 쉬는 날에는 제가 만드니까요. 그런데 특선 요리는 하나도 모릅니다."

"잘됐군."

장육은 사실대로 말했다.

괜히 없는 말을 지어냈다가 나중에 혼나느니 있는 그대로 말하는 게 나을 것 같아서였다.

그런데 그 말에 석진호는 묘한 미소를 머금었다.

"하온데 그건 어째서……."

"너 주방 보조로 얼마나 일했지? 총경력 말이야."

"칠 년 정도 되었습니다."

"그럼 이제 숙수 자리에 오를 때도 됐잖아?"

"예?"

장육이 두 눈을 껌뻑였다.

분명 석진호의 말을 듣긴 했으나 이해는 하지 못한 표정이었다.

"차림표에 있는 거 다 할 수 있다며? 특선 요리는 걱정 안

武人還生
무인환생

해도 돼. 어차피 그 특선 요리를 만든 건 유모니까. 그건 배우면 돼. 처음이 어렵지 배우면 할 수 있어."

"그, 그 말씀은 저에게 주방을 맡기시겠다는 건가요?"

"왜? 싫어? 부담스러우면 거절해도 돼. 다른 방법이 없는 건 아니니까."

석진호는 어느 쪽이든 상관없다는 듯이 말했다.

거절한다면 오늘 장사를 접고 사람을 찾으면 될 일이었다.

황화현은 대도시는 아니지만 그렇다고 작은 마을도 아니었다.

찾아보면 일할 사람은 많았다.

"하겠습니다! 잘할 자신 있습니다!"

"좋아. 그럼 주방 보조를 구하면 되는 거지? 요새 손님이 많아서 보조가 한 명 더 있으면 좋겠다고 말했다며?"

"그렇습니다."

"괜찮은 아이 있어?"

장육이 미간을 좁히며 고심했다.

황화현 토박이인 그이지만 지금 당장 떠오르는 아이는 없었다.

알고 지내는 이야 많지만 그 아이가 일을 잘할 거라는 보장은 없었기에 선뜻 추천하기가 힘들었다.

"저기……."

"왜? 쓸 만한 녀석이 있어?"

"예. 사실 하정객잔에 오고 싶어 하는 애들이 많거든요. 다른 곳들처럼 막 다루지도 않고, 급여도 따박따박 주고, 밤늦게까지 일 시키지도 않으니까요."

"복지가 훌륭하기는 하지. 객잔주님이 그런 걸 아주 싫어하니까."

오고 싶어 하는 아이들이 많다는 말에 석진호의 품에 안겨있던 소하정이 움찔거렸다.

그러더니 이내 벌겋게 변한 눈으로 채소강을 힐끔거렸다.

"근데 중요한 건 일을 잘하느냐다. 빠릿하게 일을 잘하는 녀석이 필요하지 설렁설렁 시간만 때우며 돈 받아 갈 놈은 필요 없어."

"그건 걱정하지 않으셔도 됩니다. 일 잘해요. 집안 사정이 좋지 않아서 어릴 때부터 안 해 본 일이 없는 녀석이거든요. 다만 지금 일하고 있는 곳이 있는데…….'

"올 수 있다면 오라고 해. 면접 한번 보게."

"알겠습니다."

채소강이 곧바로 움직였다.

말 나온 김에 지금 바로 데려오려는 것이었다.

"자, 자! 이제 얼추 정리된 것 같으니 장사 준비하자."

"예!"

"유모도 그만 울고. 도망친 새끼 때문에 울기에는 시간이 아까워."

무인환생

"……오칠이가 그럴 줄은 몰랐어요. 제가 그렇게 잘해 줬는데."

눈물을 그친 소하정이 입술을 깨물었다.

슬픔이 가시니 분노가 치솟았던 것이다.

특히 생전 처음 겪은 배신에 소하정의 눈꼬리가 사정없이 올라갔다.

"원래 믿을 수 있는 사람은 적어. 그래서 신의나 의리 같은 가치를 높게 평가하는 거고. 괜히 사람들이 의리랑 신의를 찾는 게 아냐."

"근데 가슴이 아파요."

"다 그렇게 성장하는 거야. 말했잖아, 장사가 어려운 건 돈도 돈이지만 사람 때문이라고. 그래도 피해는 안 봤으니까 손해는 아니지. 오히려 이득이면 모를까."

"이득요?"

소하정은 물론이고 채소설도 의아한 눈으로 석진호를 쳐다봤다.

오전 장사를 날렸음에도 손해가 아니라고 하자 이해가 안 되었던 것이다.

"배신자를 일찍 발견했잖아. 비법이 유출된 것도 아니고. 그러니 우리로서는 이득이지."

"그렇게 생각할 수도 있겠네요."

"더불어 경각심도 주고 말이지. 난 숙수를 가만히 놔둘 생각이 없거든.”

“찾을 수 있을까요? 마음먹고 야반도주했는데.”

소하정이 어려울 것 같다는 표정을 지었다.

아무리 석진호라도 마음먹고 도망친 사람을 찾기는 힘들 것 같아서였다.

“난 쉬울 것 같은데. 천하 각지를 다 돌아다니는 상단과 표국이 있는데 못 찾을 리가 없잖아? 시간이 좀 걸릴 뿐이지.”

“아!”

석미룡과 석덕월을 떠올린 소하정이 박수를 쳤다.

확실히 석가장과 석풍표국에 도움을 청한다면 숙수 하나 찾는 건 어렵지 않을 터였다.

“따로 물어볼 것도 있고 말이지. 용의주도한 놈들이라면 꼬리를 잘랐겠지만 그래도 어느 정도는 알고 있을 테니까.”

“그냥 넘어가도 될 일을 너무 크게 키우는 거 아닐까요?”

“본보기가 있어야 해. 그래야 이런 일이 또 안 벌어지지. 나중에 또 배신당하고 싶어?”

“…….”

소하정이 입술을 깨물었다.

동시에 사람을 관리한다는 게 얼마나 어려운 것인지 새삼 깨달았다.

‘그런데 도련님은 이런 걸 어떻게 잘 아시는 거지? 석가장의 피를 타고나셔서 그런가?’

武人還生
무인환생

그녀는 문득 의문이 들었다.

아무리 천재라지만 이런 쪽까지 잘 안다는 게 이상해서였다.

아니, 잘 아는 걸 넘어 능숙했다.

그게 소하정은 신기하면서도 의아했다.

"죽인다는 건 아니니까 걱정하지 말고. 나 그렇게 막 죽이는 사람 아냐."

"정말이죠?"

"응. 내가 고작 돈 몇 푼에 사람을 왜 죽여. 분명한 이유가 있다면 모를까. 딱 업무방해한 정도의 죄만 물을 거야."

"알았어요."

소하정은 더 이상 묻지 않았다.

석진호는 한번 뱉은 말은 반드시 지켰기에 그녀는 더는 도망친 숙수에 대해 생각하지 않고 주방에 들어갔다.

한 명이 부족한 만큼 자신이 거들 생각이었다.

"제가 할게요, 객잔주님."

"같이해, 그럼."

"네!"

모르는 사람이 보면 모녀지간이라고 착각할 정도로 오순도순 채소를 손질하는 두 사람을 일별한 석진호는 빈자리에 떡하니 앉으며 정마룡에게 종이와 붓을 가져오도록 시켰다.

소하정에게 말한 대로 도망친 숙수를 잡기 위해 석진호는 직접 용모파기를 그렸다.

어느새 가을이 성큼 다가왔는지 바람에 서린 열기가 많이 흩어져 있었다.

하지만 앞마당에서 수련 중인 관도들에게서는 여전히 뜨거운 열기가 뿜어져 나왔다.

어느덧 막바지를 향해 달려가고 있는 만큼 풍기는 기세가 점점 예리해져 갔던 것이다.

타타타탕!

거기다 이제는 탁윤과 정마룡 둘을 제법 밀어붙이기까지 했다.

두 명 대 스물한 명의 대결이었지만 중요한 건 처음처럼 속수무책으로 당하지만은 않는다는 점이었다.

"오늘이었나."

째잭! 짹!

시선을 돌려 하늘을 쳐다보자 두 마리의 새가 곡예를 하듯 허공을 갈랐다.

그러나 석진호의 뇌리에 새들의 모습은 없었다.

오늘 찾아오기로 한 손님들에 대한 생각만 가득했다.

"당장 필요한 게 없을 땐 묵혀 두는 게 최고지."

武人還生
무인환생

당군명이 천년자패를 들고서 떠났을 때부터 석진호는 고민했다.

사천당가에서 무엇을 받아 낼지에 대해서 말이다.

그리고 그 답을 석진호는 얼마 전에 찾았다.

다그닥. 다그닥.

"왔군."

호랑이도 제 말 하면 온다는 말처럼 한 대의 마차가 승천무관의 입구를 향해 천천히 다가왔다.

위풍당당하게 사천당가의 깃발을 지붕에 달고서 말이다.

"응?"

근데 입구를 쳐다보던 석진호의 두 눈에 당혹감이 서렸다.

왜냐하면 승천무관으로 들어오는 마차가 한 대가 아니어서였다.

무려 세 대의 마차가 안으로 들어오자 석진호는 당황한 표정을 감추지 못하며 일 층으로 내려갔다.

달칵.

갑작스러운 마차의 등장에 정마룡과 탁윤은 훈련을 중지하고 관도들을 한곳으로 모았다.

석진호에게서 미리 언질을 받았었기에 놀란 이는 없었다.

대신 다들 기대하는 얼굴로 마차를 쳐다봤다.

이윽고 첫 번째로 들어온 마차의 문이 열리며 날카로운 눈매의 중년인이 모습을 드러냈다.

"들었던 대로 코딱지만 하군."

"규모보다는 사람이 중요하지 않겠습니까. 실속은 꽉꽉 찬 곳입니다."

"흥."

꼬장꼬장한 얼굴로 중년인이 코웃음을 쳤다.

아무리 친동생이 칭찬을 해도 그의 귀에는 좋게 들리지 않았던 것이다.

하지만 그런 친형의 모습에도 당군명은 웃었다.

이러는 친형의 마음을 이해할 수 있어서였다.

"여기가 승천무관인가요?"

"그래."

당군명의 뒤로 두 명의 여자가 내렸다.

소녀와 여인의 경계에 있는 듯한 두 사람이었는데 눈매를 제외하면 마치 판박이인 것처럼 똑같았다.

그중 선한 인상의 여인이 신기한 눈으로 승천무관의 모습을 찬찬히 살폈다.

"너무 허름한 거 아니에요? 시골이라 말은 들었지만 그래도 너무 낡은 거 같은데."

뾰족하다 못해 날이 선 것 같은 눈매를 가진 여인이 무엇이 그리 못마땅한 것인지 별것도 아닌 것에 꼬투리를 잡았다.

그런데 그 말에 중년인이 고개를 끄덕였다.

"거봐, 나뿐만 아니라 아린이도 그렇게 보인다잖아."

武人還生
무인환생

"하하, 처음부터 너무 삐뚤어진 시선으로 보시는 거 아닙니까."

"전혀."

당군성이 정색하며 대답했다.

하지만 이미 표정이 다 말하고 있었다.

하나부터 열까지 모든 게 다 마음에 안 든다고 말이다.

"관주를 만나 보시면 생각이 달라질 겁니다."

"볼 필요가 있을까."

"제 안목도 무시하시는 겁니까?"

당군명이 장난스럽게 물었다.

그러자 당군성이 팔짱을 끼고서 고개를 돌렸다.

할 말이 없기에 시선을 피한 것이었다.

"당 대협."

"하하! 잘 지냈는가!"

그때 석진호가 전각에서 걸어 나왔다.

얼굴에 깃든 당혹스러운 기색에 당군명이 일부러 크게 웃으며 석진호에게 다가갔다.

"이게 어떻게 된 상황입니까?"

"그게 말일세, 말하자면 긴데⋯⋯."

"크흠!"

자신이 생각해도 어이없는 상황이었기에 당군명은 미안한 표정을 지으며 미리 준비한 대로 설명을 하려 했다.

그런데 그때 등 뒤에서 불편함이 가득 담긴 형의 헛기침 소리가 들려왔다.

"일단 안으로 들어오시죠."

"들어가서 설명하겠네."

작게 한숨을 쉬는 당군명의 모습에 석진호는 대충 상황을 눈치챘다.

적어도 지금의 상황이 그가 의도한 것은 아니라는 걸 말이다.

게다가 묘하게 적대적인 눈빛에 석진호는 서서히 심기가 불편해졌다.

또르륵.

접객실로 들어온 석진호는 네 사람에게 차례로 차를 따랐다.

그런데 얼굴의 옆면이 따가웠다.

날카로운 눈매가 인상적인 여인이 그를 시종일관 노려보고 있어서였다.

"그만 노려보거라. 관주 얼굴 뚫어지겠다."

"제가 뭘 어쨌다고요."

"그만해."

"칫!"

당군명에 이어 쌍둥이 언니인 당하린이 나무라자 당아린

무인환생

이 입술을 삐죽 내밀었다.

그냥 쳐다만 본 건데 자신한테 너무 뭐라고 하는 것 같아서였다.

'사람이 사람 얼굴 좀 볼 수도 있지!'

당아린이 마음속으로 툴툴거렸다.

물론 약간의 사심이 담겨 있기는 했지만 그렇다고 살기를 띤 것도, 하독을 한 것도 아닌데 둘 다 너무 민감하게 반응하는 것 같았다.

벌써부터 석진호의 편이라도 된 것처럼 말이다.

'생긴 건 진짜 평범하게 생겼네. 석가장 출신이라기에 귀티 날 줄 알았는데.'

당군명의 말 때문에 차마 대놓고 쳐다보지는 못하고 몰래 힐끔거리던 당아린이 입맛을 다셨다.

평범해도 너무 평범하게 생겨서였다.

그리고 대단한 실력자라던 말과 달리 석진호에게서는 별다른 기도를 느낄 수 없었다.

반박귀진일 수도 있지만 그녀는 내심 그럴 가능성은 희박하다고 생각했다.

'개나 소나 오를 수 있는 경지가 아니지, 반박귀진의 경지는.'

당군명의 안목을 의심하는 건 아니지만 천년자패 때문에 너무 과대평가하는 것 같다는 생각을 그녀는 지울 수 없었다.

물론 당아린도 천년자패를 구해 준 점에 대해서는 고마운 마음을 가지고 있었다.

하지만 딱 거기까지였다.

"우선 사과부터 하겠네. 원래는 전서구에 말했던 대로 나 혼자 올 생각이었는데……."

당군명이 난감한 표정을 지었다.

사실 처음 출발했을 때는 그 혼자가 맞았다.

다만 문제는 당가타를 벗어나기 무섭게 일행이 늘었고, 황하에 닿았을 때는 당군성이 합류했다는 점이었다.

즉, 그로서는 어떻게 할 수 없는 상황이었기에 당군명으로서는 다 함께 올 수밖에 없었다.

"설명은 그쯤 하고. 나 당군성일세."

"처음 뵙겠습니다. 석진호라고 합니다."

"우선 고맙다는 말부터 하겠네. 자네 덕분에 내 큰딸의 목숨을 구할 수 있었어."

당군성이 불편한 심기를 애써 감추며 말했다.

어찌 됐건 석진호한테서 도움을 받은 건 사실이었기 때문이다.

그것도 보통 도움이 아닌 구명지은이나 마찬가지인 도움을 받았기에 당군성은 진심을 담아 고마움을 전했다.

"천운이 따랐습니다. 천년자패는 노력한다고 해서 구할 수

무인환생

있는 게 아니니까요. 그런데 가주님께서 직접 찾아오실 줄은 몰랐습니다."

"……그럴 만한 이유가 있었네."

"소녀 당하린, 늦었지만 은공께 인사 올립니다."

당군성의 얼굴이 썩어 들어갈 때 조용히 대화를 듣고만 있던 당하린이 자리에서 일어나 절하듯이 석진호에게 인사했다.

그 모습에 석진호가 신기하다는 표정을 지었다.

쌍둥이로 보이는 두 여인이 합석할 때 짐작을 하긴 했지만 진짜로 찾아올 줄은 몰라서였다.

"아, 예. 반갑습니다. 석진호라고 합니다."

"앞으로 잘 부탁드립니다."

"예?"

"구명의 은혜를 받았으니 사람으로서 당연히 보답해야 하지 않겠습니다. 앞으로 평생 동안 관주님을 모시겠습니다."

"……!"

이번만큼은 석진호도 표정 관리를 하지 못했다.

상상조차 하지 못한 말에 그도 깜짝 놀란 것이었다.

그런데 그를 제외한 다른 이들은 이미 알고 있었다는 듯이 그저 한숨만 내쉬고 있었다.

심지어 꼬장꼬장한 성격으로 보이는 당군성마저도 얼굴 가득 못마땅한 기색은 띠어도 별다른 말은 하지 않았다.

"보이는 그대로일세. 원래는 우선 나부터 올 생각이었는데 하린이가 하도 고집을 부려서 말일세. 은혜를 갚겠다는데 말릴 명분도 없고."

당군명이 고개를 절레절레 저었다.

사천당가만큼 은원에 확실한 가문도 없었다.

원한이든 은혜든 받은 것 이상으로 갚는 곳이 사천당가였기에 목숨 빚을 갚겠다는 당하린을 그 누구도 말릴 수 없었다.

그렇다 보니 결국 이렇게 다 오게 된 것이었다.

"크흠!"

물론 당군성은 금이야 옥이야 키운 큰딸을 이렇게 보내고 싶지 않았지만 사천당가의 철칙은 반드시 지켜져야 했다.

더욱이 석진호의 도움이 아니었으면 당하린은 지금 이렇게 그의 옆에 앉아 있지도 못할 것이기에 당군성은 씁쓸하지만 딸내미가 하는 말을 들을 수밖에 없었다.

"저는 이런 걸 바라지 않았습니다만."

"혹시 제가 마음에 안 드시나요?"

방긋방긋 웃던 당하린이 순식간에 슬픈 표정을 지었다.

마치 소박맞은 여인과도 같이 말이다.

그런데 그 말에 당군성의 헛기침이 더욱 커졌다.

"그런 뜻이 아니라 좀 당혹스러워서요."

"저에 대해서는 걱정하지 않으셔도 됩니다. 제 짐도 다 가

무인환생

져왔어요."

"마차가 세 대나 됐던 게⋯⋯."

석진호가 피식 웃었다.

어째 마차가 많다 했더니 당하린이 애초에 여기에 남으려고 짐을 죄다 가져온 모양이었다.

"자네는 모르겠지만 여자의 짐은 상당히 많다네, 허허허."

"알고 있습니다. 저희 유모도 석가장에서 나올 때 온갖 살림살이를 가지고 나왔으니까요. 근데 타협의 여지는 없는 겁니까?"

석진호가 당군명과 당군성을 쳐다봤다.

어째 말하는 게 이미 확정을 지은 것 같아서였다.

정작 그의 의견은 듣지도 않고 말이다.

"자네가 도와준다면 나와 형님은 고맙네만."

당군성은 대답 대신 반색하는 표정을 지었다.

그러나 그 기색은 얼마 가지 못했다.

당씨 성이 지니는 고집이 얼마나 질긴지 그가 가장 잘 알아서였다.

게다가 웃긴 게, 큰딸이 석진호를 보필한다는 것도 마음에 안 들지만 퇴짜 맞는 것도 싫었다.

지금 석진호의 태도도 마음에 들지 않았고 말이다.

보통의 남자였으면 냉큼 감사하다며 맞절을 했을 텐데 석진호는 계속 떨떠름한 기색이었다.

"두 분께서 기대하시는 일은 없을 거예요. 저는 본가의 철칙을 지킬 생각이거든요."

"……네 고집을 누가 이기겠느냐, 후우!"

부친이 깊은 한숨을 내쉬었지만 당하린은 도리어 미소 지었다.

사천당가의 철칙에 대해서 누누이 말했던 게 그녀의 부친이었다.

그리고 개인적으로 그녀는 석진호에게 고마움을 느끼고 있었다.

석진호가 제때에 천년자패를 구해 주지 못했다면 그녀는 지금쯤 관에 들어가 있을 것이다.

"잠깐만요. 사천당가의 철칙은 저도 잘 알고 있습니다. 은원에 있어 워낙에 확실한 가문이니까요. 하지만 제 입장이라는 것도 있지 않습니까. 제 말 좀 들어 주시죠. 세 분 다."

"나는 왜 빼요?"

처음부터 불퉁한 표정을 지고서 삐딱하게 팔짱을 끼고 있던 당아린이 한마디를 툭 내뱉었다.

앉은 자세만큼이나 퉁명스러운 태도였으나 석진호는 눈 하나 깜빡이지 않았다.

"대화에 별로 관심이 없어 보여서."

"보여서?"

"그냥 하던 거 하시죠."

은근슬쩍 말을 놓는 석진호의 모습에 당아린이 쌍심지를 켰다.

그러나 석진호는 살벌한 그녀의 눈빛에도 무신경하게 고개를 돌렸다.

더 이상 상대하지 않겠다는 듯이 세 사람을 쳐다봤던 것이다.

"이봐요!"

"아린아."

"이익!"

그 모습에 당아린이 발끈했지만 팔을 붙잡는 언니로 인해 일어날 수는 없었다.

거기다 당군성과 단군명의 엄한 눈빛이 합세하자 그녀는 분통을 참을 수밖에 없었다.

"이제 말하게."

"가주님과 당 대협께서도 당 소저가 평생 여기에 남아 있는 걸 원치 않으실 거라 생각합니다."

"크흠! 맞네."

당군명보다 먼저 당군성이 대답했다.

석진호의 말이 불감청 고소원이었던 것이다.

더구나 가문의 무공을 익힌 여인은 기본적으로 출가가 허락되지 않았다.

비기가 유출될 수 있기에 데릴사위가 원칙인 만큼, 당군성은 가급적이면 당하린을 본가로 데려가고 싶었다.

"그러니 이렇게 하는 게 어떻겠습니까?"

"묘안이 있나?"

"서로 타협을 보지요. 기간을 정해 놓는 것입니다. 저는 오 년 정도면 나쁘지 않다고 생각합니다. 대신 기간을 줄이는 만큼 사천당가에 이런저런 도움을 받고 싶습니다."

"오 년이라."

당군성이 고개를 주억거렸다.

열일곱인 딸의 나이를 생각한다면 오 년은 결코 길지 않았다.

물론 결혼 적령기에 살짝 걸치기는 하지만 아예 석진호에 게 보내는 것보다는 훨씬 나았다.

더욱이 도와 달라고 하는 건 상황을 봐서 결정하면 되는 일이고.

"당사자인 저를 너무 쏙 빼고 말씀하시는 것 같습니다."

"안 그래도 당 소저에게도 설명하려고 했습니다. 지금까지 는 제가 가주님께 드린 말이고 당 소저에게는 따로 설명해 드리려고 합니다."

"일단은 경청하겠어요."

"우선 당 소저의 결정에 존경을 표합니다. 이런 결정을 내 리기가 쉽지 않았을 텐데."

석진호는 진심을 담아 고개를 숙였다.

무인환생

목숨을 구해 주었다고 자신의 일생을 바치는 건 아무나 할 수 있는 결정이 아니었다.

더구나 당하린은 명망 높은 사천당가의 여식이었다.

그렇기에 다른 방식으로 은혜를 갚을 방법이 많을 텐데도 이런 결정을 내렸기에 석진호는 진심으로 놀라웠다.

"저는 당연하다고 생각해요. 은공께서 도와주시지 않았다면 저는 지금 이렇게 살아 있지 못할 테니까요. 그러니 아버지께 했던 말씀은 거둬 주세요."

"아직 설명이 조금 더 남았습니다. 당 소저의 결정은 감사하지만 중요한 건 제가 그러길 원치 않는다는 겁니다. 그렇다고 당 소저께서 거절하지 않으실 게 분명하니 서로에게 시간을 주는 게 어떻겠습니까? 오 년 후에 다시 결정하는 것으로요. 길면 길고 짧다면 짧은 시간이 오 년입니다. 그 안에 무슨 일이 벌어질지는 아무도 모르지요."

"난 찬성일세."

"저도요!"

석진호의 말이 끝나기 무섭게 당군성과 당아린이 냉큼 소리쳤다.

확실히 석진호의 제안은 나쁘지 않아서였다.

그리고 왜 그가 타협안이라고 했는지도 이해했다.

"으음!"

"오 년 후에도 똑같은 결정을 내리신다면 그때는 따르지요. 그러니 이번에는 제 결정에 따라 주셨으면 좋겠습니다."

무언가 불만스러운 표정의 당하린을 향해 석진호는 쐐기를 박았다.

당하린이 함께해 준다면 분명 여러모로 도움이 될 것이다.

그러나 부담스러운 것도 사실이었기에 석진호는 오 년이라는 유예기간을 갖고자 했다.

"은공께서 그리 말씀하시니, 알겠어요."

"잘 생각하셨습니다."

"하지만 은공께서 생각하시는 그런 일은 벌어지지 않을 거예요."

"그 또한 존중하겠습니다."

석진호는 굳이 속내를 드러내지 않았다.

사람이 얼마나 변덕스러운 존재인지 누구보다 잘 알아서였다.

물론 고결한 성품을 지닌 사람도 있지만 그런 존재는 드물었다.

"그럼 이제 대충 정리된 건가."

"예."

처음보다는 한결 풀어진 얼굴로 당군성이 입을 열었다.

평생이 오 년으로 줄어들었기에 당군성은 실룩이려는 입술에 힘을 주며 석진호를 쳐다봤다.

딸의 일이 마무리되었으니 이제는 그의 차례가 된 것 같아

무인환생

서였다.

※

앞마당이 시끄러워졌다.

사천당가의 가주가 찾아왔다는 것도 놀라웠지만 석진호가 당군성과 대련을 한다는 소식에 관도들이 잔뜩 기대한 얼굴로 전각의 입구를 쳐다봤다.

"살아생전에 쌍존삼왕오절(雙尊三王五絶) 중 한 사람을 직접 보게 될 줄이야."

"난 승천무관이 이렇게 클 줄 알았어. 괜히 하북팽가에서 관심을 보인 게 아니지."

"그건 도화의 관심이었잖아. 지금은 무려 당 가주가 와 있다고! 그것도 삼왕 중 한 명인 명왕(冥王)이!"

"그런 명왕과 대련이라니. 부럽다. 말이 대련이지 이건 지도해 주겠다는 거나 마찬가지잖아."

주변에 있던 관도들이 일제히 고개를 주억거렸다.

말만 대련일 뿐 목적이 무엇인지 분명했기에 관도들은 얼굴 가득 부러운 표정을 지었다.

"주제를 알아라, 이것들아. 감사해도 모자랄 판에. 당 대협의 움직임을 보는 것만으로도 영광으로 생각해야지 그 이상을 바라? 욕심이 과하다."

"에이, 말도 못 합니까? 그리고 또 혹시 모르잖습니까."

"당 대협이 퍽이나 어울려 주시겠다."

위승척이 혀를 끌끌 찼다.

들을수록 가관이어서였다.

그건 옆에 있던 목춘갑도 같은 생각이라는 듯이 고개를 절레절레 젓고 있었다.

"이렇게 공개적으로 보여 주는 것만으로도 영광으로 알아야지."

"내 말이."

"근데 얼마나 버틸 수 있을까?"

"관주님?"

"응. 사실 흑오채주를 때려잡은 이후로 딱히 활동을 안 하셨잖아. 백마표국의 소국주야 사실 급에 안 맞았고."

위승척도 궁금하다는 표정을 지었다.

흑오채주를 단독으로 때려잡은 만큼 석진호의 무위를 의심하는 이는 없었다.

그러나 그의 실력이 어느 정도까지인지는 전혀 알려지지 않았기에 위승척은 물론이고 관도들도 궁금한 표정을 지었다.

"오늘 알 수 있겠지."

"나온다!"

석진호를 필두로 사천당가 사람들이 모습을 드러내자 모두의 시선이 그쪽으로 쏠렸다.

무인환생

그런데 정작 가장 큰 시선을 모은 이들은 따로 있었다.

은근슬쩍 쌍둥이 자매를 훔쳐보는 관도들이 수두룩했던 것이다.

"다시 봐도 예쁘다."

"많이 닮았는데 묘하게 다르네."

황화현에서는 보기 드문 미색인 두 자매의 모습에 관도들이 수군거렸다.

아무래도 한창 혈기 왕성한 나이이다 보니 자연스레 시선이 갈 수밖에 없었던 것이다.

"흥!"

그런 그들의 쑥덕거림을 들은 모양인지 당아린이 앙칼진 눈빛을 쐈다.

자신을 가지고 이러쿵저러쿵하는 게 마음에 들지 않아서였다.

"흠흠!"

"커험!"

당아린의 날카로운 눈빛에 관도들이 슬그머니 시선을 돌렸다.

반면에 당하린은 시종일관 석진호만 신경 썼다.

누구보다 부친의 실력을 잘 알기에 걱정이 되었던 것이다.

"너무 무리하지 마세요, 은공."

"알겠습니다. 그런데 호칭은 좀 바꿔 주셨으면 좋겠습니다만."

"어떻게 불러 드릴까요?"

벌써부터 개인 시비라도 되는 것처럼 찰싹 붙어서 보필하는 당하린의 모습에 석진호가 살짝 불편한 기색을 띠었다.

이런 대우가 낯설지는 않지만 그래도 남녀칠세부동석이라는 말도 있는데 너무 가깝게 붙는 것 같아서였다.

"편하신 걸로 부르시죠."

"그럼 석 가가라고 부를까요?"

"관주나 공자라고 부르시죠."

"호호! 알겠어요, 관주님."

대놓고 정색하는 석진호의 반응에 당하린이 재미있다는 표정을 지었다.

의외로 놀리는 재미가 있어서였다.

그러나 옆에 있던 당아린은 똥 씹은 표정을 지으며 구토할 것처럼 헛구역질을 했다.

"저게 무슨 상황이다냐."

"저도 잘 모르겠어요."

"무슨 일이 있었던 거지?"

정마륭과 탁윤이 놀란 표정을 지었다.

처음 봤을 때와는 너무나 다른 두 사람의 모습에 둘 다 어안이 벙벙한 얼굴로 쳐다봤다.

그리고 그건 다른 관도들도 마찬가지였다.

武人還生
무인환생

갑자기 변한 상황에 관도들은 고개를 갸웃거렸다.

"준비 다 됐는가."

"예. 바로 시작하시죠."

"좋네."

마지막까지 옷매무새를 다듬어 주는 당하린의 손길에 석진호는 실소를 흘리며 이미 자리 잡고 서 있는 당군성을 향해 걸어갔다.

그런데 다가가면 다가갈수록 보이지 않는 압박감이 석진호를 짓눌렀다.

'처음부터 이렇게 나온단 말이지.'

석진호는 진즉부터 당군성의 의도를 꿰뚫고 있었다.

겉으로는 조언을 해 주겠다고 말했지만 실상은 확인하고 싶은 게 더 클 터였다.

딸을 안심하고 맡길 실력이 있는지, 있다면 어느 정도까지인지를.

동시에 경고도 하고 말이다.

'건들 생각은 조금도 없는데.'

예전부터 사천당가의 여인들은 인기가 많았다.

굳이 독공을 익히지 않더라도 기본적으로 내성을 가지고 태어났기에 무림 세가들은 물론이고 권문세가들도 사천당가의 여인을 처첩으로 들이길 원했다.

하지만 석진호는 달랐다.

그의 취향도 아닐뿐더러 지금은 여인에 관심이 없었다.

'환생을 끊는 게 더 중요해.'

처음에야 특별한 능력을 가졌다고 좋아했지만 이제는 아니었다.

그토록 바라던 목표를 이루었기에 이제는 편히 쉬고 싶었다.

남들처럼 평범하게 죽고 싶었고, 그 실마리를 석진호는 얼마 전에 발견했다.

확실하지는 않지만 그래도 가능성은 있다고 여겼기에 지금은 그것에 집중하는 것만으로도 시간이 모자랐다.

저벅저벅.

이런저런 생각을 하며 걸어가자 어느새 당군성의 앞에까지 도착해 있었다.

그런데 그 모습에 당군성의 두 눈에 이채가 서렸다.

자신의 기도에도 석진호가 딱히 압박을 받지 않는 것 같아서였다.

다른 이도 아니고 삼왕의 일인인 그가 뿌리는 기세였는데 말이다.

'무명이 허명은 아니라는 말이렷다.'

당군성이 재미있다는 표정을 지었다.

아들이자 육룡이라 불리는 당무린도 이 정도 기세를 뿌리면 몸이 굳어졌다.

무인환생

그런데 석진호는 너무나 평온한 얼굴로 자신과 적당한 거리까지 다가왔다.

"강호의 선배로서 세 초식을 양보하지. 혹시 더 필요한가?"

"세 초식까지 양보 안 하셔도 됩니다."

"하하핫!"

패기 넘치는 석진호의 말에 당군성의 미소가 짙어졌다.

그러나 멀찍이 떨어져서 지켜보던 당군명은 얼굴을 굳혔다.

너무 호기를 부리는 것 같아서였다.

게다가 그의 친형은 어리다고 해서 봐주는 성격이 아니었다.

"오히려 더 몰아붙이면 몰아붙였지."

"힘내요, 아빠!"

근심 가득한 당군명과 달리 당아린은 신난다는 듯이 응원했다.

이참에 석진호가 제대로 깨져 당하린이 실망했으면 싶어서였다.

"조심하세요, 관주님."

하지만 동생의 바람과 달리 당하린은 석진호가 처참하게 깨지더라도 상관없었다.

고작 그 정도의 마음으로 이곳에 온 게 아니었기에 당하린은 양손을 곱게 포개고서 맑고 또렷한 눈으로 석진호를 응시했다.

파아아앗!

그리고 그때 석진호가 땅을 박찼다.

궁신탄영처럼 순식간에 당군성과의 간격을 좁혔던 것이다.

째애액!

그와 동시에 매서운 파공음이 앞마당을 갈랐다.

철검이 허공을 찢어발기며 당군성의 목을 파고들었던 것이다.

스슷!

하나 당군성도 만만치 않았다.

보신경은 그도 자신 있는 분야였다.

그렇기에 석진호의 일 검을 최소한의 움직임으로 피한 당군성이 도발하듯 씨익 웃었다.

반격할 수 있지만 말했던 대로 두 번을 더 받아 주겠다고 말이다.

츠츠츠츠!

그 모습에 석진호는 실소를 흘리며 공력을 끌어 올렸다.

이윽고 검신에서 푸른빛 검기가 줄기줄기 뿜어져 나오며 당군성에게 쇄도했다.

쩌저저적!

예리한 검기가 그물망처럼 펼쳐지며 당군성이 움직일 방

무인환생

향 전부를 봉쇄했다.

순식간에 사방을 모조리 집어삼켰던 것이다.

하지만 눈부신 검예도 당군성을 붙잡아 두지는 못했다.

틈이 없으면 만들면 된다는 듯이 당군성은 검게 물든 손으로 뻗어 오는 검기를 부수며 공간을 만들었다.

"이제 한 번 남았네."

"알고 있습니다."

우우웅!

여유로운 당군성의 말에도 석진호의 표정은 별반 달라지지 않았다.

아니, 오히려 의미심장한 미소를 지으며 혼원천뢰신공을 본격적으로 운용했다.

이윽고 검신을 타고 검강이 일어났다.

절정의 초입이라고는 절대 볼 수 없는 완숙한 강기의 운용이었다.

'그럼 나도 오랜만에 제대로 움직여 볼까.'

석진호가 입가에 미소를 띠었다.

사실 대련은 얼마든지 피할 수 있었다.

그런데도 대련을 받아들인 건 환골탈태한 몸을 길들이는 데 당군성만 한 상대가 없어서였다.

대련이야 매일 탁윤과 정마룡, 채소강과 하고 있지만 사실 큰 도움은 되지 않았다.

수준 차이가 워낙 극심하기에 몸풀기도 되지 않았던 것이다.

하지만 당군성은 달랐다.

끄그그극!

환골탈태한 몸을 극한까지 사용해도 다 받아 줄 수 있는 상대였기에 석진호는 웃으면서 검을 휘둘렀다.

지금까지와는 달리 무공을 펼치면서 말이다.

쫘아아앙!

무시무시한 검격에 당군성의 표정 역시 달라졌다.

앞서 날렸던 공격과는 격이 다른 공격이라는 걸 알았기에 그 역시 본격적으로 진기를 끌어 올렸던 것이다.

쾅! 쾅! 쾅!

하지만 석진호의 공세는 지금부터가 시작이었다.

당군성이 피하지 않고 검강을 막자 석진호는 기세를 잡겠다는 듯이 몰아붙였다.

쉴 새 없이 검격을 뿌려 댔던 것이다.

그뿐만 아니라 왼손 역시 끊임없이 휘둘렀다.

퍼퍼퍼펑!

검격을 날리면서도 전신 요혈을 정확히 노리고서 쇄도하는 좌장에 당군성이 두 눈을 부릅떴다.

예상을 한참이나 벗어나는 실력에 경악한 것이었다.

어수룩하기는커녕 노련하기 그지없는 석진호의 움직임에

武人還生
무인환생

당군성은 보고도 믿기지 않았다.

암만 봐도 후기지수라고는 생각되지 않아서였다.

퍼억! 퍽!

심지어 일격 일격에 실린 힘도 보통이 아니었다.

공력을 다루는 기술 역시 후기지수라기보다는 노회한 명숙이 펼치는 것 같았기에 당군성은 시간이 갈수록 감탄하는 동시에 의문이 들었다.

대체 누구를 사사했는지 궁금했던 것이다.

쩌어어엉!

그러나 아무리 석진호가 펼치는 초식과 움직임을 봐도 떠오르는 곳이 없었다.

강호에서 제법 오래 구른 그였지만 비슷한 곳조차도 떠오르지 않았다.

우르르릉!

'초식과 함께 뇌성이 울리는 무공은 몇 없는데. 설마?'

문득 한 곳이 떠올랐지만 당문성은 고개를 저었다.

그곳은 강호에서도 전설처럼 회자되는 곳이었다.

더욱이 석진호와는 접점이 전혀 없었기에 당문성은 이내 그곳의 이름을 털어 냈다.

'일단은 좀 더 어울려 보도록 할까.'

당군성의 입가에 미소가 떠올랐다.

오랜만에 그도 흥이 제대로 돋았기에 경시하는 마음을 버리고 전력을 다하기 시작했다.

퍼퍼퍼펑!

그 결과 폭풍이 앞마당에 휘몰아쳤다.

두 사람이 격돌할 때마다 굉음과 후폭풍이 몰아쳤던 것이다.

하지만 승기는 서서히 당군성에게 기울고 있었다.

초반의 기세와 달리 석진호의 기운이 약해져 갔던 것이다.

퍼퍽! 퍽!

그러나 극심한 공력 소모와 달리 석진호의 움직임은 점점 더 날카로워져 갔다.

당군성의 빈틈을 기가 막히게 노리며 공세를 펼쳤던 것이다.

특히나 검에 연연하지 않고 손과 발, 무릎 등 전신을 모조리 사용하는 게 인상 깊었다.

터엉!

기습처럼 파고드는 무릎을 손바닥으로 밀어내며 당군성은 왼손을 뻗었다.

재차 날아오는 석진호의 검을 튕겨 내기 위해서였다.

동시에 당군성은 간극을 좁히며 석진호에게 파고들었다.

파파파팟!

두 손이 벼락처럼 움직이며 석진호의 목, 명치, 옆구리, 복부를 노렸다.

독공을 펼치지 못해도 명왕은 명왕이라는 듯이 당군성의 공격은 절초가 아닌 게 없었다.

그러나 석진호도 순순히 당하지만은 않았다.

사천당가의 무공은 꽤 많이 겪어 보았었기에 어렵지 않게 막아 냈다.

'쯧! 여기까지인가.'

하지만 석진호는 알았다.

안타깝지만 여기까지가 한계라는 걸 말이다.

무리를 한다면 당군성을 쓰러뜨리는 건 가능했지만 그렇게 할 경우 육신이 견디지 못했기에 몇 달은 족히 요양해야 했다.

게다가 굳이 이겨야 할 이유도 없기에 석진호는 호흡을 조절하며 두 손을 늘어뜨렸다.

"왜 멈추나?"

"더 할 필요는 없을 것 같아서요. 꼴사납게 쓰러지는 것도 싫고요."

"아직 여력이 더 남아 있어 보이는데."

"이쯤 하면 된 것 같아서요. 기준은 충분히 충족한 것 같습니다만."

"허허허!"

당군성이 너털웃음을 흘렸다.

당돌하기 짝이 없는 말이었지만 석진호는 저렇게 말할 자격이 있었다.

그래서 그가 웃은 것이었고.

"더구나 독공도, 암기도 안 쓰시지 않았습니까."

"내 생각에는 썼어도 지금과 크게 다르지는 않았을 것 같은데?"

"그럴 리가요."

의미심장한 눈빛을 보내오는 당군성을 향해 석진호가 어깨를 으쓱거렸다.

하지만 당군성은 여전히 묘한 눈으로 석진호를 쳐다봤다.

"궁금해서 그러는데, 누구를 사사했나?"

"말씀드려도 모르실 겁니다. 워낙에 알려지지 않은 곳이라. 그래도 이상한 곳은 아닙니다. 그건 가주님께서도 아실 거라고 생각합니다."

"알지, 마도와 사도의 무공은 아니라는 것을. 그런데 나도 처음 보는 초식들이라."

당군성이 말을 하며 입맛을 쩝쩝 다셨다.

오랜만에 제대로 된 대련에 흥이 제대로 돋았는데 이쯤에서 멈춰야 하자 아쉬웠던 것이다.

그러면서 아까 들었던 의문이 다시 샘솟았다.

"말씀드렸다시피 유명하지 않은 곳이라서요."

"뭐, 믿어 주지."

석진호가 더 이상 말하기 싫어하는 것 같았기에 당군성도

武人還生
무인환생

더는 캐묻지 않았다.

대신 대련 전과는 확연히 달라진 표정으로 석진호에게 다가갔다.

그런데 그보다 먼저 석진호에게 접근한 사람이 있었다.

"괜찮으세요?"

"어?"

아비보다도 먼저 다른 남자를 챙기는 큰딸의 모습에 당군성이 멍한 표정을 지었다.

세상이 무너진 듯한 표정에, 언니를 따라서 다가온 당아린이 피식 웃으며 팔꿈치로 당군성의 옆구리를 찔렀다.

"그만 봐요. 그렇게 쳐다봐도 언니는 알아차리지도 못하는데."

"허어."

"충격이 크신 모양이다."

당아린을 따라 다가온 당군명이 실소를 흘렸다.

하지만 한편으로는 이해가 됐다.

금쪽같이 키워 온 딸이 저러는데 충격을 받지 않을 아버지는 없을 테니까.

그러나 자식이라는 게 언제까지나 품 안에 안고 있을 수는 없었다.

"혼례라도 올리는 날에는 우시겠네요."

"내가 보기에 그럴 가능성이 클 듯하구나."

석진호와 당하린에게서 여전히 눈을 떼지 못하는 당군성의 모습에 당군명이 고개를 저었다.

당하린이 콧노래를 부르며 마차에 한가득 실어 왔던 짐을 방에 풀었다.

그러나 웃고 있는 당하린과 달리 당아린은 팔짱을 낀 채로 인상을 잔뜩 찌푸리고 있었다.

"마음에 안 들어."

"이 정도면 괜찮지, 뭐. 난 이런 곳에서도 한번 살아 보고 싶었어. 본가는 너무 궁궐 같은 느낌이잖아."

"완전 시골이야. 볼 것도 없고, 시시해."

"난 여유롭고 좋은데? 그리고 넌 곧 돌아갈 거면서 뭐가 그렇게 불만이니."

침상에 앉아서 투덜거리는 동생을 달래며 당하린은 빠르게 방 안을 정리했다.

짐이 한가득이라서 그런지 정리하는 것도 쉽지 않았다.

특히 배치가 중요했기에 당하린은 계속해서 움직였다.

"나 안 갈 건데?"

"뭐?"

"어떻게 언니 혼자만 놔둬? 그 자식이 언니한테 애먼 짓을 할지도 모르는데."

"못 하는 말이 없어. 그리고 그 자식이 뭐니?"

당하린이 곱게 눈을 흘기며 옆구리에 양손을 올렸다.

하지만 그런 언니의 시선에도 당아린은 코웃음을 쳤다.

"어른처럼 말하지 마! 같은 날 거의 같은 시각에 태어났으면서."

"그래도 내가 언니야. 너보다 윗사람이라고."

"흥흥!"

"내 걱정은 하지 말고 돌아가. 너도 봐서 알 거 아냐, 관주님이 얼마나 대단한 사람인지."

당하린이 몽롱한 표정을 지었다.

범상치 않은 사람이라는 건 천년자패를 구해 주었을 때부터 알았다.

물론 순수한 선의로 도와주지는 않았다는 것도 알았다.

하지만 중요한 건 자신의 목숨을 구해 주었다는 거고, 부친을 상대로 엄청난 모습을 보여 주었다는 것이었다.

"……그건 인정. 솔직히 나도 그렇게 대단한 실력을 가지고 있을 줄은 몰랐어. 오빠도 아빠가 그렇게 힘을 쓰지는 않는데."

처음에는 단순한 지도 대련이라고 생각했다.

그러나 그 생각이 산산조각 나는 데는 그리 오랜 시간이 걸리지 않았다.

마치 세 초식을 양보해 주는 게 마음에 들지 않는다는 듯이 건성으로 세 번의 공격을 펼친 후 석진호는 본신의 실력을 드러냈다.

근데 그 실력이 오라비인 당무린을 아득히 뛰어넘었다.

"인중룡인 거지. 천재 중의 천재인 거고."

"그런데 왜 여기에 있는 거지? 무명을 날려도 모자랄 판에."

당아린이 이해할 수 없다는 표정을 지었다.

그렇게 대단한 실력을 갖췄음에도 무림에 나서지 않는다는 게 그녀는 암만 생각해 봐도 이해가 되지 않았다.

보통 사람이라면 어떻게든 무명을 떨치려고 할 텐데 석진호는 그런 게 전혀 없었다.

"모든 사람이 다 너 같은 건 아냐. 십인십색이라는 말이 괜히 있겠니?"

"남자는 야망이 있어야 하는데. 야망 없는 남자는 매력 없어."

"무능력한 것보다는 낫지."

"말은 참."

한마디도 지지 않는 언니의 모습에 당아린이 새침하게 흘겨봤다.

그러나 동생의 그런 시선에도 당하린은 빙긋 웃으며 정리를 이어 갔다.

武人還生
무인환생

"며칠 머물다가 가. 나도 네가 며칠 있어 주면 적응하기 편하니까."

"계속 있을 거라니까? 이미 아빠하고도 얘기 다 끝났어. 호위 무사도 두 명 남을 거야."

"뭐?"

"아무리 아빠라도 이건 양보 못 할걸. 혼인한 것도 아닌데 어떻게 언니를 혼자 놔둬? 나 같아도 그렇게는 못 하지."

"관주님께서 부담스러워하실 텐데…….."

벌써부터 석진호를 신경 쓰고 챙기는 당하린의 모습에 당아린이 꼴불견이라는 표정을 지었다. 오늘 처음 본 주제에 너무 극진하게 대하는 것 같아서였다.

'뭐, 대단한 실력자인 건 맞긴 하지.'

자신의 실력으로도 제대로 보기 힘들 정도의 움직임을 보여 주던 석진호를 떠올리며 당아린은 아주 조금 인정했다.

오빠보다 쥐똥만큼 더 뛰어난 무인이라고 말이다.

스으윽.

"어?"

팔짱을 낀 채로 툴툴거리던 당아린의 동공이 서서히 확대되었다.

갑자기 창문을 통해 한 마리의 검은 고양이가 나타나서였다.

"아, 흑휘라는 아이인가 보네. 관주님이 키우는 고양이야."

"귀, 귀여워!"

후웅! 후웅!

당아린이 콧김을 내뿜었다.

귀여운 것에 사족을 못 쓰는 그녀는 흑휘를 보자마자 마음을 빼앗겼다.

호박을 닮은 듯한 영롱한 두 눈도 눈이지만 윤기가 자르르 흐르는 털도 너무나 매끈해 보였다.

게다가 조각가가 빚은 것처럼 완벽한 균형을 이루고 있는 몸매도 그녀의 가슴을 두근거리게 만들었다.

휘릭!

하지만 도도한 흑휘는 이내 다시 창문을 통해 밖으로 나갔다. 방문객의 얼굴과 냄새를 확인했으니 더 이상 있을 필요는 없다고 생각한 것이다.

"아앗!"

나타났을 때와 마찬가지로 바람처럼 사라진 흑휘의 모습에 당아린이 다급히 창문으로 달려갔다.

그러나 어디에서도 흑휘의 모습은 보이지 않았다.

"귀엽긴 귀엽네."

"만져 보고 싶었는데……."

"쉽지 않을걸. 그 아이 영물인 거 알지?"

"나한테 팔라고 하면, 안 팔겠지?"

당아린이 진심을 담아 중얼거렸다.

武人還生
무인환생

판다면 천금을 주더라도 꼭 사고 말겠다는 듯이 말이다.

"한번 주인을 정한 영물은 무슨 짓을 해도 다른 사람에게 가지 않는다는 거 알잖아."

"그래도 본주인이 말하면 듣지 않을까?"

"안 넘기실 거 같은데?"

"갖고 싶다, 흑휘. 너무 귀여워."

한눈에 반한 듯 당아린이 흑휘라는 두 글자만 계속해서 중얼거렸다.

꽂혀도 단단히 꽂힌 듯한 모습에 당하린은 고개를 저으며 정리를 마저 이어 갔다.

"참, 너는 정리 안 해?"

"흑휘야."

뒤늦게 아까부터 당아린이 정리는커녕 가만히 있었다는 걸 깨달은 당하린이 말을 걸었지만 안타깝게도 그녀의 말은 동생에게 닿지 않았다.

여전히 흑휘만 찾았던 것이다.

"쯧쯧."

그 모습에 당하린은 결국 자신의 짐만 정리했다.

무서운 친화력으로 소하정과 순식간에 친해진 당하린의 모습을 보며 당군성이 묘한 표정을 지었다.

오늘 처음 본 사이임에도 마치 몇 년은 함께 지낸 것처럼 보여서였다.

"고민이라도 있으십니까?"

"있다면 있고, 없다면 없고."

"좀 걱정되시죠?"

"아니."

당군명의 말에 당군성이 단호하게 고개를 저었다.

큰딸을 혼자 남겨 두는 것도 아니었기에 걱정은 하지 않았다.

대신 다른 부분이 그의 머리를 복잡하게 만들었다.

'분명 무언가를 꿍쳐 놓은 느낌이었는데.'

당군성의 시선이 아무렇지 않게 식사를 하는 석진호에게로 향했다.

동시에 낮에 있었던 대련이 떠올랐다.

분명 승자는 그였다.

도중에 그만두기는 했지만 마지막까지 갔다면 결국 이기는 것은 그였을 게 분명했다.

그런데 이상하게 찝찝했다.

자신도 독공과 암기를 사용하지 않았지만 왠지 모르게 석진호도 숨겨 둔 한 수가 있을 것 같았다.

'본능은 거짓말을 하지 않아. 더욱이 그때의 눈은 패자의 눈이 아니었어.'

武人還生
무인환생

당군성을 찜찜하게 만드는 가장 큰 이유는 석진호의 눈빛이었다.

말로는 자신이 졌다고 했지만 눈빛은 아니었다.

분함이라고는 조금도 없는 그 눈빛은 분명 무언가를 믿고 있는 눈빛이었다.

상황을 단번에 뒤집을 비장의 한 수를 쥐고 있을 때나 보일 수 있는 눈빛이었기에 당군성은 궁금했다.

'무엇일까. 도대체 그게 무엇이기에 나를 앞에 두고서 그런 눈빛을 할 수 있는 거지?'

당군성은 자기도 모르게 석진호를 뚫어져라 쳐다봤다.

너무나 궁금했기에 먹지도 않고 석진호만 응시했던 것이다. 하지만 그 시선에도 불구하고 석진호는 덤덤하게 식사를 이어 갔다.

"은근히 잘 어울리지 않습니까?"

"응? 뭐가?"

"두 사람요."

당군명이 은근한 어조로 말했다.

그러면서 눈짓으로 석진호와 당하린을 가리켰다.

"무슨 생각을 하는 거야?"

"저는 나쁘지 않다고 생각합니다."

"쓸데없는 말 하지 말고 밥이나 먹어."

당군성이 피식 웃었다.

당사자들의 생각도 모르는데 너무 앞서가는 것 같아서였다.

"뭐, 저는 그렇다고요. 그리고 남녀 관계라는 게 어떻게 될지 아무도 모르지 않습니까."

"응원하려고?"

"응원까지는 아니고, 그냥 지켜보려고요. 일단 반대하는 쪽은 아닙니다."

"하린이는 내 딸이다."

"제 조카이기도 하죠."

당군명이 싱긋 웃었다.

자식이 없는 그에게 당하린은 딸과도 마찬가지인 조카였다.

그렇기에 그는 진심으로 당하린이 행복하길 바랐다.

개인적으로 상대가 석진호라면 나쁘지 않다고 생각했고 말이다.

"하아……."

한편 당아린은 안절부절못하며 한곳만 뚫어져라 주시했다. 석진호의 무릎 위에 편하게 몸을 웅크리고 있는 흑휘를 시종일관 쳐다봤던 것이다.

하아암.

하지만 정작 흑휘는 그녀에게 일말의 관심도 보이지 않았다.

무인환생

그저 나른한 표정으로 하품을 하며 얌전히 석진호의 무릎
위에 누워 있기만 했다.

"나도 만지고 싶다."

"응?"

"얼마나 부드러울까."

당아린이 두 눈을 초롱초롱하게 빛냈다.

머릿속으로는 수도 없이 쓰다듬었지만 현실은 냉정했다.

그녀가 다가오는 걸 허락하지 않겠다는 듯이 하악질을 했
기에 당아린은 손톱만 깨물었다.

"차근차근 다가가. 지금은 낯을 가리는 모양이니까."

"친해지면 나도 안을 수 있겠지?"

"그렇지 않을까? 사람도 오래 보면 정들고 하는데."

"어?"

한숨을 푹푹 내쉬던 당아린이 순간 두 눈을 부릅떴다.

방금 전까지만 해도 석진호의 무릎 위에서 세상 편하게 앉
아 있던 흑휘가 당하린에게 다가가자 놀란 것이었다.

그뿐만 아니라 무릎에 앉아서 당하린을 지그시 쳐다보는
모습에 당아린은 다시 한번 콧김을 내뿜었다.

세상을 부술 것 같은 귀여움에 정신을 차리지 못했던 것이
다.

"안녕?"

옆에서 들려오는 콧김 소리에 당하린은 실소를 흘리며 인

사했다.

그런데 그녀의 말에도 흑휘는 허리를 꼿꼿이 편 채로 앉아서 당하린의 눈을 똑바로 주시하더니 이내 마음에 들었다는 듯 앞다리 하나를 들어 허벅지를 탕탕 두드렸다.

마치 입관을 허락한다는 듯이 말이다.

"나, 나도! 나한테도 올래?"

깜찍한 얼굴에 어울리지 않게 엄격하고 근엄하며 진지한 표정을 짓는 흑휘의 모습에 당아린이 얼굴을 붉히며 소리쳤다.

이번에는 자신 차례라고 생각해서였다.

그러나 흑휘는 당아린은 거들떠도 보지 않고 다시 제자리로 돌아갔다.

다시 석진호의 무릎에 누웠던 것이다.

"호호호!"

"왜! 어째서!"

"너는 마음에 안 드나 보다."

"그럼 언니는 왜! 언니도 오늘 처음 봤잖아!"

"내 영혼이 맑아서이지 않을까?"

진심으로 안타까워하는 당아린을 향해 그녀가 놀리듯이 말했다.

근데 당하린은 몰랐다.

그녀가 말한 순간 흑휘의 시선이 자신에게 닿은 것을 말이

무인환생

다.

    다사다난했던 하루가 지나고 당군성은 동생과 함께 다시 집으로 돌아갔다.

    당하린, 당아린 자매와 호위 무사 두 명만 남겨 놓은 채 말이다.

    그런데 사천당가 사람이 떠나기 무섭게 새로운 이가 승천무관을 찾았다.

    "여기입니다, 표국주님."

    "생각했던 것보다 큰데?"

    "하압! 합!"

    "느려! 더 빠르게!"

    석덕월의 안내에 따라 승천무관에 들어온 석풍표국주가 고개를 작게 주억거리며 내부를 살폈다.

    하도 작다고 해서 진짜 작은 줄 알았는데 의외로 승천무관은 넓었다.

    세 사람이 운영하기에는 꽤나 크다는 생각이 들 정도로 말이다.

    하지만 이내 그의 시선은 앞마당에서 열심히 비지땀을 흘리는 관도들에게로 향했다.

"호오."

"다들 많이 달라졌네요. 불과 반년 만에 눈빛이 완전 달라 졌어요."

석덕월이 두 눈을 크게 떴다.

탁윤과 정마룡이라는 선례가 있기에 사실 석덕월은 성과 에 대해서 크게 걱정하지는 않았다.

관주인 석진호 본인이 말도 안 되게 빠른 시간에 강해졌기 때문이다.

그런데 석진호는 그 기대 이상의 성과를 보여 주었다.

"이거 데려온 애들이 죄다 나자빠지겠는데?"

석풍표국주가 턱을 쓰다듬었다.

일부러 인원수에 맞춰 데려온 인원이 쓸모없어진 것 같아 서였다.

대신 그는 호위 무사 겸 데려온 일급 표사들을 둘러봤다.

그나 석덕월과 달리 두 눈을 부릅뜨고 있는 다섯 명을 말 이다.

다음 권으로 이어집니다

우리 교황님 좀 말려주세요

판미손 퓨전 판타지 장편소설

비정상 교황님의
듣도 보도 못한 전도(물리) 프로젝트!

이세계의 신에게 강제로 납치(?)당한 김시우
차원 '에덴'에서 10년간 온갖 고생은 다 하고
겨우 교황이 되어 고향으로 귀환했건만⋯⋯

경고! 90일 이내 목표 신도 숫자를 달성하지 못할 시
당신의 시스템이 초기화됩니다!

퀘스트를 달성하지 못하면 능력치가 도로 0이 된다고?
그 개고생, 두 번은 못 하지!

"좋은 말씀 전하러 왔습니다, 형제님^^"

※주의※ 사이비 아닙니다, 오해하지 마세요!

망한 가문의 검술 천재가 되었다

소구장 퓨전 판타지 장편소설